Жена

契诃夫小说选集

妻子集

〔俄〕契诃夫 著

汝龙 译

人民文学出版社

图书在版编目（CIP）数据

契诃夫小说选集．妻子集／（俄罗斯）契诃夫著；汝龙译．—北京：人民文学出版社，2021
ISBN 978-7-02-012936-2

Ⅰ.①契… Ⅱ.①契…②汝… Ⅲ.①短篇小说—小说集—俄罗斯—近代 Ⅳ.①I512.44

中国版本图书馆CIP数据核字(2017)第134319号

策划编辑	张福生
责任编辑	李丹丹
装帧设计	刘　静
责任印制	王重艺

出版发行　人民文学出版社
社　　址　北京市朝内大街166号
邮政编码　100705
网　　址　http://www.rw-cn.com

印　　刷　三河市博文印刷有限公司
经　　销　全国新华书店等

字　　数　88千字
开　　本　787毫米×1092毫米　1/32
印　　张　7.25
印　　数　1—3000
版　　次　2021年4月北京第1版
印　　次　2021年4月第1次印刷

书　　号　978-7-02-012936-2
定　　价　29.00元

如有印装质量问题，请与本社图书销售中心调换。电话：010-65233595

目　　次

妻子 …………………………………… 1

文学教师 ……………………………… 96

多余的人 ……………………………… 146

一个古典中学生的遭遇 ……………… 160

厨娘出嫁 ……………………………… 167

大斋的前夜 …………………………… 178

在受难周 ……………………………… 190

白额头 ………………………………… 201

旧房 …………………………………… 212

妻　子

一

我接到这样一封信：

巴威尔·安德烈耶维奇先生！离您不远，就在彼斯特罗沃村里，发生了一些可悲的事，我认为我有责任把这些事通知您。这个村子的全体农民本来已经卖掉他们的农舍和所有的家私，往托木斯克省①

---

① 在西伯利亚。

迁移,可是没有走到那儿就折回来了。此地的东西,当然,再也没有一件属于他们所有,统统归在别人名下了。他们三四家人合住一个农舍,因此每个农舍的人口,男男女女不下于十五口,小孩还不计算在内。最后要说的是他们没有东西吃,挨饿,普遍得了斑疹伤寒流行病,简直人人都病倒了。女医士说:人一走进农舍,看见的是些什么呢?大家都在生病,说胡话,有人哈哈大笑,有人气得发疯。农舍里满是臭气,没有水供人喝,也没有人给他们水喝,食物只有坏土豆。女医士和索包尔(我们的地方自治局的医生)看出他们需要的首先是粮食,其次才是药物,可是他们偏偏缺粮食。那么医务人员又有什么办法?地方自治局执行处拒绝赈济,因为那些农民的户口已经在地方自治局注销,归入托木斯克省了。再者,地方自治局也没有钱。我把这件事告诉您,知道您为人仁慈,因此,求

妻 子 集

您火速周济他们,请勿推辞是幸。

　　　　　为您祝福的人

显然,这封信是女医士本人或者冠着野兽姓氏①的医生写来的。地方自治局的医生和女医士之流,一连许多年,天天相信他们没有办法可想,可是却仍旧靠那些只有坏土豆糊口的人领到薪水,而且不知什么缘故竟然自以为有权判断我仁慈不仁慈。

除了这封匿名信以外,每天早晨总有些农民跑到我家的仆人厨房里来,跪着不走,晚上又有人来捣毁防护墙,从我家谷仓里偷走二十大袋子黑麦。再者,平时的谈话、报纸、恶劣的天气也弄得我心情郁闷,总之所有这些都扰乱我的心境,因而我工作得无精打采,很不顺利。我在写《铁路史》,这需要读许多俄国的和外国的书籍、小册子、杂志论文,而且必须打算盘以计算数字,查对数表,思考,写作,然后再读书,再打算盘,再思

---

① 在俄语中,索包尔(соболь)的意思是"黑貂"。

考。可是我刚刚拿起书来或者开始思索,我的思想就乱成一团,我的眼睛眯缝起来。我就叹口气,离开书桌,在这个空荡荡的乡村住宅的大房间里走来走去。等到我走得厌烦,在我书房的窗前站住,我的眼光就越过宽阔的院子,越过池塘和一棵光秃的小桦树,越过不久以前铺着白雪而如今正在融雪的广大田野,看见天边一个高冈上聚着一堆深褐色的农舍,有一条黑色的泥泞道路从那儿顺着高坡溜下来,不规则地蜿蜒着,像一条长带。那就是彼斯特罗沃村,也就是匿名人写信告诉我的那个村子。要不是一群预告天要下雪或者下雨的乌鸦呱呱地叫唤,飞过池塘和田野上空,要不是木匠的小板棚里有敲打声,那么目前大家议论纷纷的那个小小世界看上去就像是死海了。那儿的一切都是那么安静,停滞,缺乏生气,乏味!

我这种心神不宁的情绪妨碍我工作,妨碍我聚精会神。我不知道这是怎么回事,一心相信这是幻想破灭。确实,我辞掉交通部的工作,回到村子里来,就是贪图这儿生活安静,可以从事有关社会问题的著述。这原是我由来已久的、心爱的梦想。可是现在却得跟安静告别,跟著述工作告别,丢下一切,专门去管农民的事了。这是没法避免的,因为我相信,这个县里除我以外,根本就没有一个人能够给那些饥民什么帮助。我四周的人都是些没有受过教育、思维不发达、漠不关心的人,其中绝大多数都不正派,或者即使正派,却又任性而不认真,例如我的妻子就是这样。依靠这样的人是不行的,丢下那些农民不管,让他们去听天由命也不行,于是剩下来可做的就只有顺应需要,由我亲自动手把那些农民的生活纳入正轨。

我第一步决定,捐出五千银卢布赈济饥民。可是这并没有减轻我的不安,反而加强了这种不安。我在窗前站住,或者在各处房间里走来走去,老是有一个以前没遇到过的问题来折磨我:怎样处理这笔钱呢?派人买粮食来,然后挨家散发,那不是一个人的力量办得成的,更不要说匆忙中还有危险,发给吃饱肚子或者领来粮食转手倒卖的人也许比发给饥民的粮食反而多一倍。行政机关我是不信任的。所有那些地方自治局长官啦,税务督察员啦,都是年轻人,我对他们就像对当代一切只重实利而没有理想的青年一样不能轻易信任。地方自治局执行处、乡公所以及本县一切机关也丝毫引不起我向他们求援的心意。我知道这些机关已经咬住地方自治局和国库的馅饼,而且每天张开嘴等着,准备一有机会再咬住另一个什么馅饼。

我灵机一动,想邀请附近的地主们到我家来,对他们提出建议,在我家里组织一个委员会或者中心之类的机构,由它把所有的捐款汇总起来,在全县散发赈款,发布指示。这样一个机构可以使人们常常会商,可以进行广泛而得力的控制,这倒完全合我的意。可是我想象那些小吃啦、午饭啦、晚饭啦,还有那些形形色色的本县人士必然会带到我家里来的嘈杂、闲散、饶舌、低级趣味,我就赶紧放弃这种想法了。

讲到我自己家里的人,我却最不能期望他们会给我什么帮助或者支持。我的头一个家庭,也就是我父亲的家庭,原本人口众多,十分热闹,现在却只留下一个完全不中用的人,就是家庭女教师玛丽①小姐,或者按照现在大家对她的称呼,玛丽雅·盖拉西莫芙娜。她是个身材矮小、为人古板的七十岁的老太婆,穿一条浅灰色连衣裙,戴一顶镶着白丝绦的包发帽,活像个瓷娃娃。她老是坐在客厅里看书。每逢我走过她面前,她总是知道我沉思默想的原因,说:

"您要怎么样呢,巴沙②?我早就说过事情会弄到这个样子。您从我们家里这些用人身上就看得出来。"

我的第二个家庭包括我和我的妻子娜达丽雅·加甫利洛芙娜。她住在楼下,占据楼下所有的房间。她在楼下吃饭、睡觉、招待客人,完全不关心我怎样吃饭、怎样睡觉,招待一些什么客人。我们的关系平平常常,

---

① 原文为法语。
② 巴威尔的爱称。

并不紧张,然而冷淡、空虚、乏味,如同那些早已彼此疏远因而即使一个住在楼上一个住在楼下也没法互相亲近的人一样。先前娜达丽雅·加甫利洛芙娜在我心里激起的那种热烈而又不安宁的爱情,时而甜蜜,时而又像艾草那么苦,如今却不复存在,就连往日的口角、高声的谈话、责难、抱怨、突然发作的憎恨也已经不存在了(这类发作照例这样结束:我妻子出国旅行或者回娘家去了,我呢,给她稍稍汇一点钱去,不过汇钱的次数很多,为的是要常常刺痛我妻子的虚荣心)。我那骄傲的、爱面子的妻子和她的亲属是靠我的钱养活的,我妻子虽然心里不愿意,却没法拒绝我的钱,这使我心中暗暗痛快,成为排解我的愁闷的唯一安慰了。现在,每逢我们偶尔在楼下过道上或者院子里相遇,我总是点一点头,她也有礼貌地笑一笑。我们谈到天气,说眼下似乎该装双层窗子了,又说有人坐着马车,响着铃铛,顺着堤坝走过去;同时我在她的脸上看出这样的表情:"我对您是忠实的,不会破坏您十分珍爱的您那好名声；您呢，也聪明，不来搅扰我，我们谁也没有对不起谁。"

我对自己反复说：爱情早已在我心里熄灭，我太专心干我的工作，没法认真考虑我对妻子的态度了。可是，唉，这只是我那么想罢了。每逢我的妻子在楼下大声说话，我却注意地听她的说话声，虽然连一个字也听不清。她在楼下弹钢琴，我老是站起来听。遇到她要坐马车出门或者骑马外出，我就走到窗前，等着她从正房走出来，看她怎样坐上马车或者骑上马，从院子里走出去。我觉得我的灵魂里起了一点变化，我生怕我的眼神和我脸上的神情会流露出来。我目送妻子外出，然后盼她回来，好在窗子里再看见她的脸、肩膀、皮大衣、帽子。我心里寂寞、凄凉，为某种事物无限地惋惜，有心趁她不在家到她那些房间里走一走，巴不得我和我的妻子由于性情不合而不能解决的问题赶快靠自然法则来自动解决，也就是，这个美丽的二十七岁女人赶快变老，我的头发赶快变白变秃。

有一回正吃早饭,我的管家符拉季米尔·普罗霍雷奇报告我说,彼斯特罗沃村的农民们已经开始把铺在房顶上的干草揭下来喂牲口了。玛丽雅·盖拉西莫芙娜瞧着我,现出惊骇和困惑的神情。

"我有什么办法呢?"我对她说,"势孤力单呀。我还从来没有感到过像现在这样孤单。我情愿付出昂贵的代价,只求在全县哪怕只找到一个可以依靠的人也行。"

"那您把伊凡·伊凡内奇请来吧。"玛丽雅·盖拉西莫芙娜说。

"真是的!"我想起来,高兴了。"这倒是个办法!这话有道理①。"我像唱歌似的说着,一边走回书房去给伊凡·伊凡内奇写信。

"这话有道理,这话有道理……"

---

① 原文为法语。

二

原先,在二十五年到三十五年以前,有许许多多熟人在这所房子里喝酒,吃饭,参加化装舞会,谈情说爱,结婚,絮絮叨叨讲自己所养的良种猎犬和骏马,如今这一大群人却只剩下伊凡·伊凡内奇·布拉京一个还活在人世了。原先他很好活动,谈锋健,嗓门高,易于堕入情网,以思想激烈,面部有一种不但使女人入迷而且也使男人入迷的特别表情而出名。可是现在他衰老、发胖了,等着寿终正寝,谈不到什么思想和表情了。他接到我的信,第二天傍晚就来了,那时候饭厅里的仆人刚刚端来茶炊,矮小的玛丽雅·盖拉西莫芙娜正在切柠檬。

"我见到您很高兴,我的朋友,"我快活地说,迎着他走过去,"不过您越发胖了!"

"我这不是胖,而是肿,"他回答说,"我是让蜜蜂蜇了。"

这个自己嘲笑自己肥胖的人带着随随便便的态度伸出两条胳膊搂住我的腰,把他那柔软的、额头上像乌克兰人那样挂着一绺头发的大脑袋放在我的胸口上,发出一串尖细苍老的笑声。

"您倒越发年轻了!"他一面笑一面说,"我不知道您是用什么颜料染您的头发和胡子的,应该给我一点才是。"他呼哧呼哧地喘气,搂住我,吻我的脸。"应当给我一点才是……"他说,"不过,亲爱的,您四十岁了吧?"

"哎,我已经四十六了!"我笑起来。

伊凡·伊凡内奇身上有烛油和厨房里的气味,这气味正好跟他相称。他那肥大、臃肿、呆笨的身躯上紧绷着一件很长的礼服,类似马车夫的长袍,没有纽扣,只有钩子和钩眼,腰身很高;如果他身上有花露水的香气,那倒会叫人奇怪了。他的双层下巴上生着一丛类似牛蒡的胡子,很久没有刮过,肤色发青;他的双眼凸出,他的呼吸总是喘吁吁的,他全身笨拙而邋遢,他的嗓音、笑声和话语都不好听,总之,凭着这些,人们很难认出他就是当年本县的丈夫们担心妻子被他勾去魂的那个身材匀称、招人喜欢、谈吐不俗的人。

"我很需要您,我的朋友,"我说,这时候我们在饭厅里坐下来喝茶,"我有心组织一个赈济饥民的机构,不知道该怎么样着手做起。那么,您也许肯费神出个主意。"

"是啊,是啊,是啊……"伊凡·伊凡内奇说,叹口气,"对,对,对。……"

"我本来不想惊动您,可是说真的,最亲爱的朋友,这儿除了您,我另外简直再也找不到人了。您知道这儿的人都是什么路数。"

"对,对,对。……是啊。……"

我心里暗想:目前要商量的是一件严肃的正事,每个人,不论处于什么地位,也不论私人关系怎样,都可以参加,那我何不把娜达丽雅·加甫利洛芙娜请来呢?

"三个人就凑成一个会了!①"我快活地说。"我们把娜达丽雅·加甫利洛芙娜请来,怎么样?您看如何?费尼雅,"我转过身去对女仆说,"请娜达丽雅·加甫利洛芙娜到楼上我们这儿来一趟,如果可能的话,马上就来。就说有很要紧的事。"

过了一会儿,娜达丽雅·加甫利洛芙娜来了。我站起来迎接她,说:

"原谅我们惊动您,纳塔莉②。我们正在这儿讨论一件很重要的事,我们高兴地想到我们可以借重您来出些好主意,您是不会拒绝我们这种要求的。请坐。"

伊凡·伊凡内奇吻娜达丽雅·加甫利洛芙娜的手,她吻他的前额。然后大家在桌子边坐下,他含着眼泪愉快地瞧着她,向她那边探过身子,又吻她的手。她穿一条黑色连衣裙,头发梳得很仔细,身上带着新洒过的香水的气味,显然她正打算出外拜客或者等人来访。

---

① 原文为拉丁语。
② 原文为法语。

刚才她走进饭厅,毫不拘束,和蔼地对我伸出一只手,而且像对伊凡·伊凡内奇那样对我做出有礼貌的笑脸,这使我满意。然而她讲话的时候,不住地活动手指头,常常猛地往椅背上一靠,吐字很快,这种讲话和动作的浮躁姿态惹得我不痛快,使我想起她的故乡敖德萨,当初我跟那儿的男男女女交往,他们俗不可耐的风度就惹得我厌烦。

"我想为那些饥饿的人做点事,"我开口了,然后沉默一会儿,继续说,"不消说,钱是大事,然而只限于捐款,就此心满意足,那却无异于逃避最主要的麻烦事。帮助饥民应当表现在出钱上,可是主要的却应当表现在正确而认真的组织上。朋友们,让我们来想一想,出点力吧。"

娜达丽雅·加甫利洛芙娜用疑惑的眼光瞧着我,耸耸肩膀,意思好像是说:"这种事我哪儿懂呢?"

"是啊,是啊,饥饿……"伊凡·伊凡内奇喃喃地说,"真的。……是啊。……"

"情况是严重的,"我说,"必须进行火速的赈济。我认为,在我们目前要制定的种种原则当中,头一条就应该是火速。要照军人那样,手疾眼快,猛打猛攻。"

"是啊,要快……"伊凡·伊凡内奇带着倦意,无精打采地说,仿佛快要睡着似的,"可是没有办法呀。庄稼没有收成,空话有什么用。……再怎么手疾眼快、猛打猛攻也还是不行。……这是天时不正。……人总拗不过上帝和命运啊。……"

"是的,然而要知道,人有头脑就是为了跟天时作斗争。"

"啊?是呀。……这话对,对。……是呀。"

伊凡·伊凡内奇拿出手绢蒙住鼻子,打了个喷嚏,精神振作起来,仿佛刚刚睡醒似的,瞧一瞧我和我的妻子。

"我那儿也是一点收成也没有,"他说,尖声笑起来,调皮地眨眨眼睛,好像这种事实际上很滑稽似的,"钱嘛,没有,粮食呢,也没有,可是院子里满是工人,就跟谢烈美契耶夫伯爵家里一样。我打算把他们赶出去,可又好像于心不忍。"

娜达丽雅·加甫利洛芙娜笑起来,开始问伊凡·伊凡内奇家里的事。有她在场,我感到愉快,这是很久以来都没有感到过的。我不敢看她,免得我的目光会泄露我心底的感情。我们的关系已经僵到这样的地步;这种感情反而会显得突兀而且可笑了。我妻子跟伊凡·伊凡内奇有说有笑。尽管她待在我的房间里,尽管我没笑,她却一点也不觉得拘束。

"那么,朋友们,我们怎么办呢?"我等到他们刚一停嘴就开口问道,"我认为,首先我们要赶快征集捐款的人。纳塔莉,我们写信给我们那些在京城和敖德萨的朋友们,要求他们捐款。等我们募到少数款项,我们就着手买粮食和牲口饲料。至于您,伊凡·伊凡内奇,请您费心着手分配赈款。我们指望您在各方面发挥您原有的精明强干的作风,我们只斗胆表示一点愿望,就是您在分发赈款以前,先要到当地仔细了解一下所有的情况。此外,还有一件很重要的事,那就是要认真监督,使得粮食仅仅发给真正急需的人,绝不发给酒鬼、懒汉、倒卖粮食的人。"

"是啊,是啊,是啊……"伊凡·伊凡内奇喃喃地说,"对,对,对。……"

"哎,跟这种糟老头子什么事也谈不成。"我暗想,生气了。

"这些挨饿的人闹得我腻烦死了,滚他们的!他们老是愤愤不平,老是愤愤不平,"伊凡·伊凡内奇接着说,吮着柠檬皮,"挨饿的人对吃饱的人总是愤愤不平。有粮食的人呢,也对挨饿的人愤愤不平。是啊。……人一挨饿就昏了头,变得糊涂,变得野蛮了。饥饿可不是闹着玩的事。挨饿的人又说粗话,又偷东西,也许还要做出更糟的事。……人得理解这些才行。"

伊凡·伊凡内奇喝茶呛着了,咳嗽起来,随后发出像耗子叫那样尖锐的笑声,笑得他喘不过气来,浑身

妻 子 集

发颤。

"'波尔塔瓦近郊发生过战役!'①"他吃力地说,他又笑又咳嗽,这就妨碍他说话,只有摆动两只手的份儿了,"'波尔塔瓦近郊发生过战役!'那是在农奴解放②以后大约过了三年,我们这儿两个县里都闹饥荒,如今已经去世的费多尔·费多罗维奇有一次坐车到我家来,约我到他那儿去。'走吧,走吧。'他纠缠不休,就像拿刀架在我脖子上一样。'行,走就走。'我说。好,我们就走了。这发生在傍晚,天正下雪。一直到夜里,我们的马车才走到离他庄园不远的地方,可是忽然间,树林里发出砰的一声枪响,随后又是一声。'嘿,他娘的!'……我跳下雪橇,一看,黑地里有个人朝我跑过来,膝盖没在雪里。我一只手抓住他的肩膀,就像

---

① 这是一首由不著名的俄国诗人莫尔恰诺夫(1809—1881)作词的歌曲的第一句。这首歌曲写的是在俄国和瑞典之间进行的北方战争(1700—1721)中俄军在波尔塔瓦获胜的事。此处借喻由广大群众参与的轰动一时的事件。——俄文本编者注
② 指1861年沙皇颁布农奴解放令。

这个样子,一拳打掉他手上的武器,随后又来了一个,我照准他的后脑壳给一拳,那个人哼了一声,鼻子朝下扑在雪地里。那时候我身强力壮,手也重,我一个人抵挡他们两个,再一看,费嘉①正骑在第三个人身上。我们就把这三个坏蛋都抓住,把他们的手倒绑在背后,免得他们再对我们捣乱,然后把这几个蠢货带到厨房里。我们又恨他们,又不好意思看他们:这都是些熟识的农民,好人,谁都会觉得他们可怜。他们呢,简直吓呆了。一个哭着讨饶,一个看上去像头野兽,破口大骂,一个跪下祷告上帝。我就对费嘉说:别怨恨他们,放了他们这些混蛋吧!他就让他们吃饱,给他们每人一普特面粉,放了他们:'走你们的路吧!'事情就是这样的。……祝他升到天堂,永久安息!他明白事理,并没有愤愤不平,可是有些人却愤愤不平,坑害了多少老百姓啊!是啊。……单是克洛奇科夫酒店一案就有十一

---

① 费多尔的爱称。

个人给送去做苦工了。是啊。……现在呢,你看,也有这种事。……法院侦讯官阿尼西英上星期四在我家里过夜,给我讲起一个地主的事。……是啊。……这个地主家谷仓的墙夜里给人捣毁,有二十大袋黑麦被人偷走了。到早晨地主知道家里出了刑事案,就马上给省长打电报,然后又给检察官打电报,给县警察局长打电报,给法院侦讯官打电报。……当然,大家都怕这种惹是生非的人。……长官们紧张起来,闹得天下大乱。有两个村子受到了搜查。"

"容我插一句嘴,伊凡·伊凡内奇,"我说,"我就有二十大袋黑麦被人偷去了,是我给省长打了电报。我还往彼得堡打了电报。可是这完全不是像您所说的那样,出于惹是生非,也不是因为我愤愤不平。我对任什么事情都是首先从原则上看问题的。盗窃,不论是吃饱的人还是挨饿的人干的,在法律上并没有区别。"

"是啊,是啊……"伊凡·伊凡内奇支吾道,发窘了,"当然。……对,是啊。……"

娜达丽雅·加甫利洛芙娜脸红了。

"有这样一些人……"她说,可又住了口;她极力按捺自己,装得全不在意,可又忍耐不住,用一种我十分熟悉的憎恨神情直视着我。"有这样一些人,"她说,"饥饿和人间的痛苦之所以存在,对他们来说,只是给他们一个机会,好让他们向这些受苦的人发泄一通自己那恶劣和无聊的脾气罢了。"

我心慌了,耸了耸肩膀。

"我是想一般地谈谈,"她接着说,"有些人十分冷漠,根本缺乏怜悯心,然而这种人偏不肯放过人间的痛苦,偏要插一杠子,生怕人家缺了他们也能办事。对他们的虚荣心来说,没有一种东西是神圣的。"

"有些人,"我轻声说,"他们固然具有天使般的性格,可是他们表白自己出色的思想所采取的方式,却使人难于分清他们到底是天使还是敖德萨市场上的女小贩。"

我承认,这话说得并不中肯。

妻　子　集

我妻子瞧了我一阵,看样子她好像费了不小的劲才没有还嘴。她先是无端地发脾气,随后又对我想帮助饥民的愿望发表一通不恰当的宏论,这至少是不得体的。先前我请她上楼来,原是期望她对我和我的意图会采取完全不同的态度。我不能确切地说明我期望的究竟是什么,可是那种期望使我生出愉快的激动心情。不过现在我看得出,再谈那些饥民却显得困难,而且也许不识趣了。

"是啊……"伊凡·伊凡内奇不得当地喃喃道,"商人布罗夫有四十万家财,也许还不止此数。我就对他说:'你拨出一二十万来周济挨饿的人吧,和我同名的先生。反正你要死的,你死了,那些钱是带不走的。'他生气了。可是话说回来,人人都要死的。死亡可不是闹着玩的啊。"

紧跟着又是沉默。

"这样看来只有一个办法,只好独自一人动手干了,"我说,叹一口气,"这真是所谓势单力薄。哦,好吧！那我试一试孤军作战就是。也许对饥饿作战倒比对冷漠作战顺利得多呢。"

"有人在楼下等我。"娜达丽雅·加甫利洛芙娜说。她从桌旁站起来,转过身对伊凡·伊凡内奇说:"那么过一会儿您到楼下我那边去坐坐吧。我还不想跟您告别呢。"

她就走了。

伊凡·伊凡内奇已经喝第七杯茶了,喘吁吁的,吧嗒着嘴唇,时而吮自己的唇髭,时而吮柠檬皮。他带着昏睡的样子,无精打采地唠唠叨叨。我没有听他讲话,只盼着他走。最后,他露出他到我这儿来似乎纯粹是为了饱喝一顿茶的神情,站起来,开始告辞。我送他出去,说:

"那么,您没有给我出什么主意。"

"啊?我是个糟老头子,头脑不中用了。"他回答说。"我能出什么主意呢?您呢,也不该操这份心。……真的,我不知道您为什么要操这份心。您别操心了,我亲爱的!真的,什么事也没有……"他亲热而诚恳地小声说,把我当作孩子似的安慰我,"真的,什么事也没有!……"

"怎么会'什么事也没有'呢?农民已经把房顶上的干草揭下来,而且据说有的地方闹伤寒了。"

"哦,那又怎么样呢?来年会有收成,会有新房顶的。即使我们害伤寒死了,我们死后也还会有另外的人活着。反正人人都得死,不是现在就是以后。您别操心了,我的美男子!"

"我不能不操心。"我生气地说。

我们在灯光微弱的门厅里站住。伊凡·伊凡内奇忽然抓住我的胳膊肘,打算说一句分明很重要的话,默默地看了我半分钟。

"巴威尔·安德烈伊奇!"他轻声说,他那张呆板的胖脸上和他那对深色的眼睛里,突然现出当初那种使他出过名的特别神情,这神情也确实动人。"巴威尔·安德烈伊奇,我凭朋友的身份对您说:改一改您的脾气吧！跟您很难相处！好朋友,很难相处！"

他定睛瞧着我的脸。他那种优美的神情消失了,眼光昏沉了,他无精打采,喘着气,嘟哝说：

"是啊,是啊。……原谅我这个老头子。……我在胡说八道。……是啊。……"

他沉甸甸地走下楼梯,张开两条胳膊好稳住身子,把他那肥大的后背和通红的后脑壳直对着我,给我留下一个活像螃蟹的不愉快印象。

"您应该出外走一趟才是,阁下,"他唠叨说,"到彼得堡去,或者出国去。……您何必住在这儿,虚度黄金般的岁月呢？您是个年轻人,健康,有钱。……是啊。……哎,要是我年轻一点,我就会像兔子似的跑掉,逍遥自在一番！"

三

我的妻子突然发脾气,这就使我想起了我们的夫妇生活。以前,每次发过脾气以后,我们照例难忍难熬地要去找对方,等到我们见了面,就让我们心上日积月累的炸药统统爆发出来。现在,伊凡·伊凡内奇走后,我也还是一心想去找她。我打算下楼去对她说:她喝茶那当儿的举动侮辱了我,她心狠,她肤浅,她凭小市民的头脑永世也休想了解我说的话和我做的事。我在那些房间里走了很久,寻思该对她说些什么话,揣测她会回答我什么话。

我感到,在今天傍晚伊凡·伊凡内奇走后,近来使我腻烦的那种心神不宁的情绪,以一种特别恼人的形式表现出来。我坐也不是,站也不是,一个劲儿地走啊走的,同时专挑那些灯火通明的房间走进走出,常常靠近玛丽雅·盖拉西莫芙娜坐着的房间。我的心情很像当年坐船在德意志海上遇到风暴,人人害怕既没有载货又没有压舱物的轮船会翻掉的时候我所体验到的那种心情。这天傍晚我才明白我的心神不宁的情绪并不是以前我所想的那种幻灭感,而是另外一种东西,至于那究竟是什么,我却不明白,这就使得我越发烦躁了。

"我要去找她,"我决定,"借口是可以编造的。我就说我要找伊凡·伊凡内奇就行了。"

我走下楼,不慌不忙地踩着地毯穿过门厅和大厅。伊凡·伊凡内奇坐在客厅里一张长沙发上,又在喝茶,唠叨。我的妻子站在他对面,扶着一把圈椅的椅背。她脸上有一种安静的、入迷的、依顺的神情,就跟人们倾听疯修士或傻子讲话,揣测他们那些无聊的话语和唠叨里隐含着什么特殊的意义一样。我觉得我妻子的神情和姿态有点精神病人或者修女的味道,她那些不高的、半明半暗的、十分温暖的房间以及古老的家具、在笼子里睡熟的鸟、天竺葵的香气,总使我联想到女修道院长或者年老而笃信宗教的将军夫人的房间。

我走进客厅。我妻子既没有表现出惊奇,也没有表现出慌张,光是严厉而镇静地瞧着我,仿佛知道我会来似的。

"对不起,"我柔声说,"您还没走,我很高兴,伊凡·伊凡内奇。刚才在楼上我忘记问您:您知道我们地方自治局执行处主席的本名和父名吗?"

"安德烈·斯坦尼斯拉沃维奇。是啊。……"

"谢谢①。"我说,从衣袋里拿出小本子,记下来。

接着是沉默,在沉默当中我的妻子和伊凡·伊凡内奇大概在等我走。我的妻子不相信我要打听地方自治局执行处主席的名字,这我从她的眼神里看出来了。

"那么我要走了,美人儿。"伊凡·伊凡内奇喃喃地说,这时候我已经在客厅里走了一两个来回,在壁炉旁边坐下了。

"不,"娜达丽雅·加甫利洛芙娜很快地说,碰一碰他的手,"再坐一刻钟。……我求求您。"

她分明不愿意没有外人在座,单独跟我待在一块儿。

"好吧,我也等一刻钟就是,"我想。

---

① 原文为法语。

"哦,下雪了!"我说,站起来,看着窗外。"好一场雪!伊凡·伊凡内奇,"我接着说,在客厅里走来走去,"我很惋惜我自己不是猎人。我想象得出,在这种下雪天追逐兔子和野狼是多么痛快!"

我妻子站在原地不动,也没回过头来,光是斜起眼睛跟踪我的动作,从她的神情看来,好像我衣袋里藏着尖刀或者手枪似的。

"伊凡·伊凡内奇,您好歹带我去打一回猎吧,"我接着柔声说,"我会十分十分感激您的。"

这时候有客人走进客厅里来。他是一位我不认识的先生,年纪四十上下,又高又壮,头顶光秃,生一把淡黄色大胡子和一对小眼睛。凭他肥大而有皱褶的大衣,凭他的风度看来,我觉得他是个教堂里的诵经士或者教员,可是我妻子向我介绍说,他就是索包尔大夫。

"跟您相识很高兴,很高兴!"大夫用男高音大声说,紧紧握住我的手,天真地微笑着,"很高兴!"

他在桌旁坐下,拿起一杯茶,大声说:

妻　子　集

"您这儿或许有朗姆酒①或者白兰地吧？劳驾,奥丽雅,"他对使女说,"到柜子里找一下。我冻坏了。"

我又在壁炉旁边坐下,看着,听着,偶尔在大家谈话当中插一句嘴。我妻子对客人们做出殷勤的笑脸,警惕地盯住我,如同盯住野兽似的。有我在场,她觉得苦恼,这在我心里引起嫉妒、烦恼和有意使她痛苦的顽强愿望。我暗想:我的妻子啦,这些舒适的房间啦,壁炉旁边那一小块暖和地方啦,本来都归我所有,而且很久以来一直是我的,可是不知什么缘故,这个头脑昏聩的伊凡·伊凡内奇或者索包尔对这些东西倒比我有更大的权利。现在我不是站在窗口看到我的妻子,她就在我身边,在普通的家庭氛围中,而这种氛围是我眼前上了年纪的时候所需要的。尽管她恨我,我却恋着她,就跟从前我小时候恋我的母亲和奶妈一样。我觉得虽然如今我临近老年,可是我比以前更纯洁、更高尚地爱

---

① 用甘蔗汁发酵和蒸馏酿成的烈性酒精饮料。

她了。也正因为这个缘故,我才想走近她,用鞋后跟更加使劲地踩她的鞋尖,让她吃一下苦,同时我却微微地笑。

"叶诺特先生①,"我转过身去对大夫说,"我们县里有几个医院?"

"索包尔……"我妻子纠正说。

"有两个,先生。"索包尔回答说。

"那么每个医院里一年要死多少人?"

"巴威尔·安德烈伊奇,我有话要跟您讲,"我妻子对我说。

她向客人们告个罪,走到隔壁房间去了。我站起来,跟着她走出去。

"您马上回到楼上您的房间去。"她说。

"您太无礼了。"我说。

"您马上回到楼上您的房间去。"她又尖刻地说一

---

① 浣熊先生(叶诺特在俄语里的原意是"浣熊")。

遍,带着憎恨的神情瞧我的脸。

她站得那么近,要是我略微弯下一点腰,我的胡子就会碰着她的脸。

"不过,这是怎么回事?"我说,"我什么地方忽然出毛病了?"

她下巴开始发抖,匆匆忙忙擦一下眼睛,顺便照了照镜子,小声说:

"老一套又来了。您,当然,是不肯走的。好,那也随您的便。我自己走,您留在这儿好了。"

她带着果断的脸色回到客厅,我呢,耸动着肩膀,极力做出讥诮的笑容,也回到客厅。这儿已经来了新的客人,是一位上了年纪的太太和一个戴着眼镜的年轻人。我没有跟新客人打招呼,也没有向旧客人告辞,就走回我的房间去了。

自从喝茶的时候出了点事,后来在楼下又接连出了一些事以后,我心里才明白:近两年来我们已经开始淡忘的我们那种"家庭幸福",由于一些微不足道的无聊原因,如今卷土重来了。不论我或者我的妻子,都没法制止自己。我依据往年的经验来下判断,这种憎恨一旦爆发,明天或者后天就会出现一种可憎的局面,打乱我们生活的全部秩序。我开始在我那些房间里走来走去,同时暗想:这样看来,这两年我们并没变得聪明点,冷静点,沉稳点。这样看来,又要有眼泪啦,嚷叫啦,咒骂啦,皮箱啦,出国啦,然后就是连绵不断的、病态的恐惧,生怕她在那边,在国外,跟意大利或者俄国的花花公子相好,玷辱我的名声,随后又是我拒绝给她身份证,又是信札往返,又是彻底的孤独,又是对她的想念,于是,五年之后,我衰老,头发灰白了。……我走来走去,暗自想象一种不可能的事:她又漂亮又丰满,搂着一个我不认得的男人。……我这才相信,这种事是势必要发生的,就抱着绝望的心情问自己:为什么过去,在长年的吵架当中,我没有一次对她提出过离婚呢?或者,为什么她当时没有一下子离开我,从此不回来?为什么?如果是那样的话,现在我就不会对她眷恋,不会有憎恨和不安,我就会平心静气,什么也不想,专心做我的工作,过完一辈子了。……

一辆挂着两盏灯的马车驶进院子,随后又来了一辆由三匹马拉着的、宽大的雪橇。显然我的妻子在举办晚会。

午夜以前,楼下一直安安静静,我什么也没听见,可是到了午夜,椅子纷纷挪动,餐具叮当乱响。这样看来,楼下开晚饭了。后来,椅子又纷纷挪动,我隔着地板听到一片喧哗声,他们似乎在欢呼。玛丽雅·盖拉西莫芙娜已经睡觉了,整个楼上只有我一个人。客厅墙上挂着的那些肖像画上,我的祖先们,那些渺小而残忍的人,瞪起眼睛瞧着我。我书房里那盏灯映在窗玻璃上,不愉快地眨着眼。我对楼下的种种情形生出又羡慕又嫉妒的心情,一面听一面想:"我是这儿的主人,只要我有心,我就能在一分钟里把这伙可敬的人统统赶走。"可是我知道这是胡思乱想,我没法赶走任何人,"主人"这两个字毫无意义。人尽可以随自己的高兴,认为自己是主人,结过婚,有钱,担任少年侍从,可是却不知道这有什么意义。

晚饭后,楼下有个男高音唱起歌来。

"其实,并没有出什么了不得的事!"我说服自己,"我何必这么激动呢?明天我不到楼底下去找她就行了,我们的争吵也就结束了。"

一点一刻,我走去睡觉。

"楼下客人都散了吗?"我问阿历克塞说,他在给我脱衣服。

"是的,老爷,散了。"

"刚才他们为什么欢呼?"

"阿历克塞·德米特利奇·玛霍诺夫捐给挨饿的人一千普特面粉和一千卢布现款。还有一位老太太,我不知道她老人家的姓名,答应在她的庄园上办一个食堂,供一百五十个人吃饭。谢天谢地。……娜达丽雅·加甫利洛芙娜当下决定,要所有的老爷太太每星期五来聚会一次。"

"就在这儿楼底下聚会?"

"是的,老爷。晚饭以前,他们念过一张单子:从八月起到今天,娜达丽雅·加甫利洛芙娜已经收齐八千卢布,粮食除外。谢天谢地。……我是这样想,大人,要是太太肯为拯救她的灵魂多费点心,那她还会收到许多钱。这儿阔人多的是。"

我把阿历克塞打发走,然后吹熄灯火,拉过被子来,蒙住头。

"其实,我又为什么这样心神不宁呢?"我想,"是什么力量推动我,像飞蛾扑火似的,去为挨饿的人们奔忙?是啊,我并不认识他们,也不了解他们,从来都没见过他们,也不喜欢他们。那么这种心神不宁是怎么来的呢?"

我忽然在被子底下抬起手来,在胸前画个十字。

"不过,她是怎么回事呢?"我想到我的妻子,对自己说,"她瞒着我,在这所房子里办了一个正儿八经的委员会。何必瞒着我?为什么他们串通一气?我有什么地方对不住他们呢?"

伊凡·伊凡内奇说得对:我得离开此地才对!

第二天我醒过来,就下定决心:干脆走掉。昨天的种种情形,例如喝茶时候的谈话啦,我的妻子啦,索包尔啦,晚饭啦,我的恐惧啦,都使我十分苦恼。我暗自庆幸很快就可以脱离这个环境,不会再为那些事伤脑筋了。我喝咖啡的时候,总管符拉季米尔·普罗霍雷奇冗长地向我报告各种事务。他把最愉快的消息留到最后讲出来。

"那些偷我们黑麦的贼已经捉到了,"他报告说,微微笑着,"昨天法院侦讯官在彼斯特罗沃村抓走三个农民。"

"滚出去!"我勃然大怒,对他喊道。我无缘无故拿起装饼干的筐子,往地板上一摔。

四

早饭后,我搓着手暗想:我得上我妻子那儿去一趟,通知她说我要离开此地。不过,干吗要去通知?谁要知道这种事?接着,我又回答自己说,这种事固然谁也不想知道;但是为什么不去跟她说一声呢,更何况这个消息不会给她别的,只会使她愉快?再者,昨天吵过架,现在一句话也不说就走掉,未免不大妥当,她也许会以为我怕她,说不定她还以为这是她把我从我家里排挤出去的,心里会很不好受呢。我也不妨通知她,说我捐助五千,并且在组织工作方面给她提出一些意见,预先警告她说,她由于缺乏经验,干这样复杂而责任重大的工作可能造成极其可悲的后果。一句话,我一心想去找我的妻子。我想出各种借口好去找她,这时候我心里已经打定主意,非去见她不可。

我走去找她的时候,天还亮着,没有点灯。她在她的工作室里坐着,那个房间是客厅和卧室之间的一个穿堂屋。她坐在桌旁,低着头,正在很快地写什么东西。她一看见我,就打了个哆嗦,从桌旁走过来,站住,从她的姿势看得出,她好像要拦住我,不许我去碰她的纸似的。

"对不起,我只耽搁您一会儿工夫,"我说,不知为什么发窘了,"我偶然听说您,纳塔莉,正在办理赈济饥民的事。"

"是的,我在办。不过这是我的事。"她回答说。

"对,这是您的事,"我柔声说,"我为这件事高兴,因为它完全合乎我的心意。我请求您允许我参加这个工作。"

"对不起,我不能答应您参加。"她回答说,眼睛看着一旁。

"这是为什么,纳塔莉?"我轻声问道,"为什么呢?我也穿得暖,吃得饱,也想帮助挨饿的人。"

"我不知道您跟这件事有什么相干,"她说,冷冷地一笑,耸起一个肩膀,"谁也没有请您干这个工作。"

"也没有人来请您啊,可是您在我家里却办了一个地地道道的委员会!"我说。

"有人来要求过我,不过您可以相信我的话:不论什么时候也不会有人来要求您。请您到人家不认识您的地方去帮助人吧。"

"看在上帝分上,不要用这种口气跟我讲话。"

我极力表现得温和,用尽我心灵的全部力量要求我自己不要失去冷静。起初的几分钟,我在妻子身旁感到很愉快。有一种柔和的、家庭的、青春的、女人的、极其优雅的气息向我扑来,这些正是我在楼上以及一般说来我在生活里所十分缺乏的。我妻子穿一条粉红色法兰绒的宽大连衣裙,这使她显得分外年轻,而且给她那种急促而且有的时候显得突兀的动作添上了柔和的色彩。她那头好看的黑发,以前我一看见,心里就会生出热情,此刻却由于她坐在那儿低头写了很久,已经披散开来,显得很乱,不过这样一来我倒觉得越发蓬松漂亮了。可是话说回来,这一切都平平常常,甚至到了庸俗的地步。我面前站着的是一个普通的女人,也许并不美丽,也不优雅,不过她是我的妻子,以前我跟她一块儿生活过,要不是她那种不幸的性格,也许直到今天还跟她生活在一块儿呢。她要算是全世界我所爱的唯一的人了。如今我在临动身以前,知道此后即使隔着窗子也看不到她了,因此哪怕她严峻而冷淡,带着骄傲而鄙夷的笑容回答我的话,我也还是觉得她迷人。我为她骄傲,暗自承认:离开她是可怕的,而且是不可能的。

"巴威尔·安德烈伊奇,"她沉默一会儿,说,"我们有两年谁也不管谁的事,平静地过下来了。为什么您现在突然想回到旧日去呢?昨天您来侮辱我,弄得我下不了台,"她接着说,提高声音,涨红了脸,眼睛里射出憎恨的光芒,"不过,您该克制自己,不要这样做,巴威尔·安德烈伊奇!明天我递一个呈文上去,他们会发给我身份证,那我就走,走,走!我要进修道院,进寡妇院,进养老院……"

"进疯人院!"我忍不住嚷道。

"哪怕进疯人院也成!那倒更好!那倒更好!"她继续叫道,两只眼睛闪闪发光,"今天我到彼斯特罗沃村去过一趟,我羡慕那些挨饿而有病的村妇,因为她们不是跟您这样的人一块儿过日子。她们诚实、自由,我呢,多承您厚爱,成了寄生虫,在闲散中沉沦。我吃您的面包,花您的钱,用我的自由和忠实来报答您,而那种忠实却是谁也不需要的。由于您不给我身份证,我就得保护您的好名声,其实您并没有什么好名声。"

我应该沉默才对。我就咬住牙关,快步走到客厅去,可是立刻又走回来,说:

"我恳切地要求您,以后不要再在我的家里聚合这么一帮人,串通一气捣鬼,搞什么秘密活动!我只准许我熟识的人到我家里来,至于您周围的那些混蛋们,如果他们愿意办慈善事业,那就让他们另找地方。我可不允许外人天天晚上在我家里由于能够利用像您这样的精神病人而高兴得大喊大叫!"

我妻子脸色惨白,绞着手,像害牙痛那样不住地呻吟,快步从这个墙角走到那个墙角。我摆一下手,走进客厅。我满腔怒火,透不过气来,同时我又发抖,生怕我一时忍不住而做出什么事或者说出什么话来害得我抱恨终身。我用力握紧自己的手,想借此遏制自己。

我喝了点水,略略定下心来,又回到我妻子那边去。她照先前那种姿势站着,仿佛要拦住我,不让我去碰那张铺在桌子上的纸似的。眼泪顺着她那冷峻苍白的脸慢慢地流下来。我沉默一会儿,不再气愤了,沉痛地对她说:

"您多么不了解我!您对我多么不公平!我凭我的人格起誓:我原是带着纯正的动机,一心抱着做好事的愿望来找您的!"

"巴威尔·安德烈伊奇,"她说,把两只手放在胸前,脸上现出受苦的、恳求的神情,好像一个担惊受怕的、啼哭的孩子要求免除惩罚似的,"您会拒绝我,这我清楚地知道,不过我还是要请求您。请您强迫自己哪怕一辈子当中只做这一回好事。我请求您离开此地!这是您为挨饿的人们所能做的唯一的事情。您真走开,我就会原谅您的一切,一切!"

"您不该侮辱我,纳塔莉,"我说,叹了口气,觉得心头突然涌起一股特别的温情,"我本来已经决定走了,不过,在我没有为饥民做一点事以前,我不能走。这是我的责任。"

"唉!"她轻声说,不耐烦地皱起眉头,"您能造出一条出色的铁路或者一座出色的桥,可是为挨饿的人们,您却什么事也做不成。您要明白这一点!"

"真的吗?昨天您责备我冷漠,责备我缺乏怜悯心。您可真是了解我!"我冷笑说,"您信仰上帝,那么请上帝做证,我一天到晚心神不定。……"

"我看得出您心神不定,然而这跟饥荒和怜悯毫不相干。您心神不定,是因为那些挨饿的人没有您也能活下去,因为地方自治局以及一切赈灾的人并不需要您的指导。"

我沉默了一会儿,好压下我心里的怒火,然后我说:

"我来是为了跟您谈正事的。请坐。我请求您坐下。"

她没坐下。

"坐下吧,我请求您!"我向她指了指椅子,又说一遍。

她坐下了。我也坐下,想了想,说:

"请您认真地对待我说的话。您听着。……您出于对人们的爱心,承担了赈济饥民的组织工作。对这件事,当然,我一点也不反对,而且十分同情您。不管我们的关系怎样,我还是准备处处跟您合作。可是,尽管我尊重您的头脑和心灵……心灵,"我又说一遍,"我却不能容许赈灾的组织工作这种困难复杂而又责任重大的事情完全交给您一个人来承担。您是女人,您缺乏经验,不了解生活,过于信任别人,意气用事。

您让自己被一些您完全不了解的助手们所包围。我毫不夸张地说,在这种情况下,您的活动将不可避免地造成两种可悲的后果。第一,我们县里的人仍旧会丝毫得不到救济。第二,您不但要以您自己的钱袋,而且要以您的名誉来抵偿您的错误和您的助手们的错误。赈款的滥用和亏空就算由我来补偿,可是谁会把好名声偿还您呢?日后,由于不健全的监督和疏忽,有人散布谣言,说是您,因而还有我,在这个工作上中饱了二十万,难道您那些助手会来帮您的忙吗?"

她不说话。

"我并不是像您所说的那样出于虚荣心,"我接着说,"我是纯粹出于利害上的考虑,免得饥民得不到赈济,免得您失掉好名声,才认为我有道义上的责任干预您的工作。"

"请您说得简单一点。"我妻子说。

"请您费神,"我接着说,"给我看一看到今天为止您已经收到多少捐款,支出多少。此后您天天把每项新的进款或者实物,每项新的开支都告诉我。您,纳塔莉,再给我抄一份您的助手的名单。也许他们都是十足正派的人,这我不怀疑,然而仍旧需要进行调查。"

她不开口。我站起来,在房间里走来走去。

"那么我们就动手工作吧。"我说,在她的桌旁坐下。

"您这些话都是当真的吗?"她问,带着困惑而惊恐的神情瞧着我。

"纳塔莉,请您仔细考虑一下!"我从她的脸色看出她要抗议,就用恳求的声调说,"我求求您,请您充分相信我的经验和正直!"

"我仍旧不懂您要怎么样!"

"请您给我看一下您已经收齐多少钱,支出多少钱。"

"我没有秘密。人人都可以看。您管自看吧。"

桌上放着大约五本学生用的练习簿、几张写满字的信纸、一张本县的地图、许多大小不等的纸片。天色

妻 子 集

黑下来了。我点上一支蜡烛。

"对不起,我此刻什么也看不明白,"我翻着练习簿说,"您收进的捐款统计表在哪儿?"

"这可以从认捐单上看出来。"

"不错,可是要知道,统计表也是必要的!"我说,对她的天真微微一笑,"您收到捐款和实物的时候,人家附来的信都放到哪儿去了? 请原谅①,我要提出一个小小的切合实际的指示,纳塔莉,这些信必须保存起来。您得把每封来信编上号码,登记在一份单独的报表上。您自己寄出去的信也得这样办。不过这些都由我自己来做好了。"

"您做吧,您做吧……"她说。

我很满意自己。我喜欢这种有生气而又有趣味的工作、这张小桌子、这些朴素的练习簿以及跟我妻子同做这种工作的快乐;可是我又怕我的妻子忽然拦住我,

---

① 原文为法语。

怕她突然变卦而打乱一切,因此我忙着收拾那些东西,极力控制自己,不去理会她的嘴唇在发抖,她像被捉住的小野兽那样惊恐狼狈地往四下里看。

"听我说,纳塔莉,"我说道,眼睛没看着她,"请您容许我拿着这些纸张和练习簿回到楼上我的房间去。我在那儿检查一下,了解一下,明天再把我的意见告诉您。另外您还有别的文件吗?"我把那些纸张和练习簿收拾在一起,问道。

"您拿去,统统拿去吧!"我妻子说,帮我把文件叠好,大颗的眼泪顺着她的脸流下来,"统统拿去吧!生活留给我的只有这一点点了。……您就把这一点点也抢走吧。"

"唉,纳塔莉,纳塔莉!"我带着责备的口气叹道。

她有点手忙脚乱,她的胳膊肘碰着我的胸膛,她的头发擦着我的脸。她匆匆拉开书桌抽屉,从中取出一些纸张,对着我往桌子上一丢。这当儿有些零钱掉在我的膝头上,然后落到地下。

"统统都拿去吧……"她用沙哑的声音说。

她丢完了纸张,从我身边走开,两只手抱着头,倒在躺椅上。我拾起那些零钱,放回抽屉,然后关上抽屉,免得引诱仆人犯罪。随后,我把所有的纸张都抱在怀里,走回我的房间去了。我走过妻子身旁,停下来,瞧着她的后背和颤抖的肩膀,说:

"您简直还是个孩子啊,纳塔莉!哎哎!您听我说,纳塔莉:等到您明白这个工作多么严肃,责任多么重大,您首先就会感激我。我敢对您起誓。"

我回到自己的房间,不慌不忙地整理那些文件。练习簿没有装订,纸页没有编号。登记是由不同的笔迹写成的,显然不论是谁,只要高兴,都可以使用这个练习簿。捐助实物项下,没有注明产品的价钱。可是,对不起,如今黑麦的价钱固然是一卢布十五戈比,可是过两个月却可能涨价,成为两卢布十五戈比了。怎么可以这样办事呢?其次,"付索包尔三十二卢布",这是什么时候付的?为什么付的?证明文件在哪儿?什么也没有,怎么也弄不懂。万一日后打官司,这些纸张反而会弄得案情不明。

"她多么幼稚啊!"我惊讶地想,"她简直是个孩子啊!"

我又烦恼又好笑。

五

我的妻子已经收齐八千,再加上我的五千,一共是一万三。作为开端,这已经很好了。这个本来使我感兴趣,同时弄得我放心不下的工作现在总算落在我手里了。我在做一件别人不肯做而且也不会做的工作,我在尽我的责任,我在筹划正确严肃的赈济饥民的办法。

一切都似乎进行得合乎我的意图和愿望,可是为什么我那种心神不宁的情绪始终没有离开过我?我一连四个钟头检查我妻子的文件,了解它们的意义,改正它们的错误,可是我非但没有感到安慰,反而觉得仿佛有人站在我的身后,用粗糙的手心摩挲我的后背似的。我还缺什么呢?赈济的组织工作已经落在可靠的人手里,饥民可以吃饱了,那还需要什么呢?

四个小时的轻松工作不知什么缘故弄得我很累,我没法再埋下头坐在这儿,没法再写下去了。楼下偶尔传来闷声闷气的呻吟,那是我的妻子在哭。那个老是脾气温顺、带着睡意、假仁假义的阿历克塞不时走到我的桌子跟前,把蜡烛摆好,有点古怪地瞧着我。

"不行,我得离开此地!"我终于暗自决定,这时候我已经累极了,"要躲开这些烦心的事,走得远远的。我明天就动身。"

我把纸张和练习簿收拾好,到我妻子那儿去。我带着十分疲劳和衰弱的感觉,用两只手把纸张和练习簿压在胸上,穿过我的卧室,看见我的皮箱,这时候那哭泣的声音隔着地板传到我这儿来。……

"您是少年侍从吗?"有人在我的耳朵旁边问道,

"久仰久仰。不过您仍旧是个坏蛋。"

"这全是胡说,胡说,胡说……"我一面走下楼梯,一面嘟哝着,"胡说。……至于我爱面子,有虚荣心,那也是胡说。……这都是废话!难道我为饥民出了力,人家就会给我一个星章,或者提升我去做部长?胡说,胡说!而且在乡下,我向谁去夸耀这种虚名呢?"

我累了,累得很,有一句话老是在我的耳边轻轻响着:"久仰久仰。不过您仍旧是个坏蛋。"不知什么缘故,我想起以前小时候念过的一首古诗,里面有一行:"做一个好人是多么愉快啊!"

我的妻子照先前那种姿势伏在躺椅上,脸朝下,两只手抱住头。她在哭。她身旁站着一个使女,现出惊恐和迷惑的脸色。我把使女打发走,把纸张放在桌子上,沉吟一下,说:

"您的公文都在这儿,纳塔莉。一切都有条有理,一切都挺好,我很满意。明天我要走了。"

她仍旧哭个不停。我走进客厅,在那儿的黑暗里坐下来。我妻子的涕泣和她的叹息是对我的一种责难。我为了开脱自己,就回想我们这场争吵的经过,从我的头脑里出现倒霉的念头,要邀我妻子上楼共同商量起,直到这些练习簿和哭泣为止。这是我们夫妻间仇恨的老毛病又发作了,既不像样子又毫无意义,此种情况在我们婚后的生活当中是屡见不鲜的。可是如今为什么把饥民也牵连进来呢?他们怎么会成了我们争执的原因呢?这倒像是我们互相追逐着,无意间跑到圣坛上,就在那儿吵起架来似的。

"纳塔莉,"我在客厅里轻声说,"别哭了,别哭了!"

为了止住她的哭声,结束这个痛苦的局面,我应当走到妻子跟前,安慰她、亲近她,或者对她赔罪才是。可是我该怎样做才能使她相信我呢?我怎样才能叫一个生活得不自由而且痛恨我的野小鸭相信我喜欢它,同情它的痛苦呢?我从来也不了解我的妻子,所以从来也不知道该跟她谈些什么,该怎样谈才对。她的外貌我知道得很清楚,而且给予它正确的评价,可是她的内心活动或者精神世界、她的智慧、世界观、经常变化的情绪、充满憎恨的眼睛、高傲、有的时候使我惊讶的读书热情,或者比方说,像昨天那样的修女神态,在我都是不熟悉和不了解的。每逢我们发生冲突,我想确定她究竟是什么样的人,我的心理学总是只限于确定她任性,不严肃,具有不幸的性格,按女人的逻辑办事,似乎这在我已经完全够了。可是目前她一哭,我却又生出满腔的热望,想多了解她一点才好。

哭声停了。我走到妻子那边去。她坐在躺椅上,两只手支着头,深思地、呆呆地瞧着烛火。

"我明天早晨要走了。"我说。

她沉默。我在房间里走来走去,叹口气,说:

"纳塔莉,先前您要求我离开此地,您总是说,您会原谅我的一切,一切。……可见您认为我对不起您。我请求您冷静下来,用短短几句话概括我有什么对不起您的地方。"

"我累了。以后再谈吧……"我的妻子说。

"我有什么过错呢?"我接着说,"我做过些什么错事呢?如果说,您年轻、美丽、希望生活,我的年纪却差不多比您大一倍,您憎恨我;那么,这难道是我的过错吗?我并没有强迫您跟我结婚啊。不过呢,也罢,如果您希望过自由的生活,想走,那么我给您自由就是。您尽管走,您要爱谁就爱谁。……我甚至可以跟您办离婚手续。"

"我并不需要这些,"她说,"您知道,以前我一直爱您,老是认为我的年纪比您小。这都不算一回事。……您的过错并不是您年纪大而我年纪小,也不是我一过上自由的生活就可以爱上别人,而在于您是一个难以相处的人,是利己主义者,内心充满憎恨的人。"

"我不知道。也许是这样。"我说。

"您走吧,劳驾。您打算把我数落到明天早晨去,可是我预先声明,我很累,没有力气回答您的话了。您答应过,说要离开此地,我很感激您,此外我不需要什么了。"

我妻子叫我走,然而要做到这一点,在我却不容易。我感到浑身无力,害怕我那些不舒适的而且讨厌的大房间。从前我小时候,遇到我身上有什么地方疼痛,我总是偎到母亲或者奶妈身边,把脸藏在她们衣服暖和的皱褶里,觉得好像避开疼痛了。现在,不知什么缘故,我也有那样的感觉,我只有在这个小房间里,在我妻子身旁,才能摆脱我那种心神不宁的情绪。我坐下来,把手放在眼睛上,遮住亮光。四下里静悄悄的。

"您有什么过错?"我妻子沉默很久,然后抬起闪着泪光的红眼睛瞧着我,问道。"您受过良好的教育,很有教养,为人十分正直,公平,有原则,可是在您身上这一切却造成这样一种后果:不管您走到哪儿,您总是带去憋闷和压抑,弄得人感到非常屈辱、难堪。您的思维方式是纯正的,因此您憎恨全世界。您憎恨有信仰的人,因为信仰是不开化和无知的表现,同时您又憎恨缺乏信仰的人,因为他们没有信仰,没有理想。您憎恨老人,因为他们落后和保守;您也憎恨青年,因为他们具有自由思想。人民的利益和俄国的利益在您是宝贵的,所以您憎恨人民,因为您怀疑每个人都是贼,都是强盗。您憎恨一切人。您公平,您站在合乎法律的立足点上,所以您经常跟农民和邻居们打官司。您给人偷去二十大袋黑麦,您由于热爱秩序而把农民们告到省长和一切长官那儿,又把当地的长官告到彼得堡去。好一个合乎法律的立足点!"我妻子说着,笑起来,"根据法律,而且为了维护道德的利益,您不给我身份证。居然有这样的道德,这样的法律,弄得一个年轻健康而有自尊心的女人在闲散中,在痛苦中,在经常的恐惧中消磨岁月,她所得到的无非是一个她并不爱的人所供应的膳食和住所而已。您精通法律,很正直,很公平,尊重婚姻和家庭基础,可是这一切却造成这样一种结果:您一辈子也没有做过一件好事,人人都恨您,您跟所有的人都处得不和睦。您结婚有七年了,跟您的妻子同居却连七个月也不到。您没有妻子,我也没有丈夫。跟您这样的人是没法共同生活的,谁都会受不了。起初那些年,我跟您在一块儿觉得害怕,如今却只觉得害臊。……最好的岁月就这样虚度过去了。那些年我只顾跟您吵闹,却弄得自己的脾气很坏,变得尖刻、粗鲁、胆怯、不信任人了。……哎,说这些有什么用!难道您真想了解这些?您走开吧,求上帝保佑您!"

我妻子在躺椅上躺下,沉思起来。

"可是,我们本来可以过到多么美好,多么使人羡慕的生活啊!"她轻声说,沉思地瞧着灯火,"那会是什么样的生活呀!现在却没法挽回了。"

要是有谁冬天在农村居住过,领略过那些冗长、乏味、安静的傍晚,看到连狗也烦闷得不肯吠叫,似乎时钟也懒得滴答滴答响了,要是有谁在这样的傍晚给醒来的良心惊扰得心乱如麻,神魂不定地从这个地方走到那个地方,时而要压制自己的良心,时而要弄清楚它是怎么回事,那他一定会理解在那舒适的小房间里响起一个女人的嗓音,说我是一个坏人的时候,我会感到多么快乐,多么欢喜。我不明白我的良心需要什么,可是我的妻子倒像翻译家似的,按照女人的方式清清楚楚地对我阐明了我的心神不宁的含义。如同我以前心情极其不安的时候常常发生的情况一样,我猜出,整个关键并不在于那些饥民,而在于我没有成为一个我应该成为的人。

我妻子费力地站起来,走到我跟前。

"巴威尔·安德烈伊奇,"她说,凄凉地微笑着,"请您原谅,我不相信您的话,您是不会离开此地的。不过我再请求一次。这些东西,"她指着她那些文件说,"随您说它们是自欺,是女人的逻辑,是错误,都由您,可是请您不要再管我的事。生活里给我留下的只有这一点点了。"她背过脸去,沉默了一会儿。"以前,我什么也没有。我在跟您争吵上耗尽了我的青春。现在我总算抓到这个工作,我活过来了,我幸福了。我觉得,我找到这个工作就仿佛找到了我生活下去的正当理由似的。"

"纳塔莉,您是一个有思想的好女人,"我说,热情洋溢地瞧着我的妻子,"您做的事和您说的话都美好而且聪明。"

为了掩盖我的激动,我在房间里走来走去。

"纳塔莉,"过了一分钟,我接着说,"我临行前,想要求您:作为一种特别的照顾,帮助我为那些饥民做点事!"

"我能帮什么忙呢?"我妻子说,耸一耸肩膀,"也许只有认捐单能帮您忙吧?"

她在那些纸里翻一阵,找到了那张认捐单。

"您捐点钱吧,"她说,从她的口气可以听出她并不十分看重她这张认捐单,"除此以外,您不可能用别的方式参加这个工作了。"

我拿过那张纸来,写上:"匿名氏,五千。"

"匿名氏"三个字带有一种不好的、作假的、虚荣的意味,然而这是我一直到发现妻子满脸通红,匆匆地把这张纸塞进那堆纸里的时候才体会到的。我们两个人都害臊了。我感到我无论如何也得马上把这件不妥当的事弥补一下才成,否则以后我到火车上,到彼得堡,还是会觉得羞愧。可是怎么样弥补呢? 该说什么话呢?

"我赞成您的工作,纳塔莉,"我诚恳地说,"我祝您一切顺利。不过,请您容许我在临别的时候给您进一个忠告。纳塔莉,您对索包尔,一般地说对您的助手们,都要小心提防,不要轻易信任他们。我并不是说他们不老实,不过他们都不是贵族,都是些没有思想的人,他们没有理想和信仰,没有生活目标,没有明确的原则,他们生活的全部意义就在于卢布。卢布,卢布,卢布!"我说着,叹口气,"他们喜欢那种轻易到手和白白得来的面包,在这方面他们越是受过教育,对工作却越是危险。"

我的妻子走到躺椅那儿,躺下来。

"思想啦,有思想原则啦,"她无精打采,勉强地说,"原则性啦,理想啦,生活目标啦,原则啦……每逢您要糟蹋人,侮辱人,说不中听的话,您总是用这些辞藻。您就是这么个人！如果容许您带着这种见解,带着这种对人的态度参加工作,那无异于头一天就把工作弄得一败涂地。现在该明白这一点了。"

她叹口气,沉默一会儿。

"这是性情粗鲁,巴威尔·安德烈伊奇,"她说,"您受过教育,有教养,可是实际上您还是个……西徐亚人①！这是因为您过的是闭塞的、充满憎恨的生活,什么人也看不见,而且除了工程书以外,您什么书也不看。可是,好人有的是,好书有的是！是的。……不过我累了,说话吃力了。我得睡觉了。"

"那我走了,纳塔莉。"我说。

"好,好。……谢谢。……"

我呆站了一会儿,回到楼上我的房间去。过了一个钟头,那是一点半钟,我举着蜡烛又走下楼,打算跟

---

① 公元前7世纪至公元3世纪黑海北岸的草原游牧民族,在此借喻野蛮人。

我的妻子谈话。我不知道我要对她说什么,可是觉得我有重要的、非说不可的话要对她说。她不在工作室里。她卧室的房门关紧了。

"纳塔莉,您睡了吗?"我轻声问。

没有答话。我在门旁站了一会儿,叹一口气,走进客厅。在那儿,我在长沙发上坐下,吹熄蜡烛,在黑暗中一直坐到天亮。

六

早晨十点钟,我坐雪橇到火车站去。天气不算太冷,然而天上落下大片的湿雪,刮着不舒服的潮湿的风。

我们经过一个池塘,然后穿过一片小桦树林,开始顺着大路爬上我在窗子里看得见的高冈。我回过头去,想最后看一眼我的房子,可是大雪纷飞,什么也看不见。过一会儿,前面,像在雾里一样,现出一些乌黑的农舍。那就是彼斯特罗沃村。

"假如日后有一天我发了疯,那就都得怪这个彼斯特罗沃村,"我暗想,"它把我害苦了。"

我们走到村子的街上。那些农舍的所有屋顶都是完整的,没有一个屋顶拆毁,可见我的总管说谎。有一个男孩拉着一辆小雪橇,上面坐着一个小姑娘,手里抱着一个小娃娃。另一个男孩大约三岁,脑袋像女人似的包得严严实实,手上戴着大手套,伸出舌头去想接住飞下来的雪,一边在笑。这时候迎面驶来一辆载干柴的大车,旁边走着一个农民,谁也看不清他的胡子原是白的呢,还是因为沾着雪而发白。他认出我的车夫,对他微笑,说了一句什么话,见着我不由自主地脱掉帽子。有几条狗从院子里跑出来,好奇地瞧着我的马。一切都安静,平常,朴实。那些移民回来了,没有粮食,农舍里"有人哈哈大笑,有人气得发疯",可是眼前的种种情形却那么平淡,甚至叫人不能相信真有过那样的事。这儿没有惊慌失措的脸,没有哀求救济的声音,没有哭泣,没有咒骂。四下里一片静寂,有生活的秩序,有孩子,有小雪橇,有竖起尾巴的狗。那些孩子也好,方才遇见的那个农民也好,都没有心神不宁的样子,然而为什么我这样心神不宁呢?

我瞧着笑吟吟的农民,瞧着戴大手套的男孩,瞧着农舍,想起我的妻子,这才明白任什么灾难也打不倒这些人。我觉得空中已经弥漫着胜利的气息,我感到骄傲,准备对他们嚷叫:我也跟他们一伙。可是我那些马已经跑出村子,来到旷野上,雪在飘飞,风在怒号,我只能一个人守着我的思想。在成千上万为人民工作的人群当中,生活本身却把我一个人抛出来,像是抛弃一个不需要的、没有能耐的坏人。我成了障碍,成了人民灾难的一个小小的组成部分,于是人们把我打败,丢在一边了。我急急忙忙地赶到火车站,想离开此地,躲到彼得堡,躲到大莫尔斯卡亚街上的一家旅馆去。

过了一个钟头,我们到了火车站。一个胸前戴着号牌的铁路巡查员和车夫把我的皮箱抬进妇女候车

室。车夫尼卡诺尔把衣襟塞在腰里,穿着毡靴,周身给雪弄湿,很高兴我出门,对我好意地微笑着,说:

"一路顺风,大人。上帝保佑您路上平安。"

顺便说一句:大家都称呼我大人,其实我不过是个六等文官,是个少年侍从罢了。铁路巡查员说火车还没有从上一站开出。我只好等着。我走到外面,由于一夜没睡而脑袋发沉,两条腿乏得几乎走不动。我毫无目的地往水塔那边走去。四下里一个人影也没有。

"为什么我要走呢?"我问自己,"那边有什么东西在等我?无非是我已经很久不来往的熟人啦,孤独啦,饭馆的膳食啦,嘈杂啦,伤我眼睛的电灯光啦。……我要到哪儿去?为什么要去?为什么我要去呢?"

再者,跟我的妻子一句话也没说就扬长而去,也未免有点奇怪。我觉得我会弄得她莫名其妙。我临走应该对她说明,她讲得对,我确实是个坏人。

等到我从水塔那边走回来,站长已经从门里出来,以前我有两次把他告到他的上司那儿去。由于风雪很大,他竖起上衣的衣领,缩起脖子,走到我跟前,把两个手指头举到帽檐那儿,带着慌张的、勉强恭敬的、充满憎恨的脸色告诉我,说这班火车误了二十分钟,我是不是愿意此刻到暖和的地方去等车。

"谢谢您,"我回答说,"可是我多半不走了。请您吩咐我的车夫等一等。我还要考虑一下。"

我在月台上走来走去,暗想:我走不走呢?等到火车到站,我却决定不走了。在家里等着我的将是我妻子大惑不解的神色,也许还有她讥诮的笑容,外加楼上那种阴郁的气氛和我本人心神不宁的情绪。不过在我这种年纪,这总比两天两夜跟许多陌生人一起坐火车到彼得堡去,随时意识到我的生活对任何人和任何事业都不需要,一天天临近结束,毕竟要使人觉得轻松点,也多少亲切点。是啊,不管怎样还是回家的好。……我走出火车站。可是,家里的人本来看到我外出,都挺高兴,如今我又回去,而且是白天回去,未免会扫兴。那么我不妨把这一天在邻居家里消磨过去,晚上再回家。可是到谁家去呢？有些邻居跟我保持着紧张的关系，有些邻居我又根本不相识。我思忖了一阵，想起伊凡·伊凡内奇来了。

"我们到布拉京家去！"我在雪橇上坐下，对车夫说。

"很远呢，"尼卡诺尔说，叹了口气，"大概有二十八俄里，或者足足三十俄里哩。"

"麻烦你了，好朋友，"我说，从我的口气听起来，好像尼卡诺尔有权利不听我的命令似的，"走吧，劳驾！"

尼卡诺尔怀疑地摇头，慢腾腾地说，现在该换辕马才成，不是那种切尔克斯式的，而是"庄稼汉"式的，或者"黄雀"式的。他犹豫不决地伸出戴着手套的手，拿起缰绳来，仿佛等我改变主张似的。他略微欠起身子，想一想，然后才挥动鞭子。

"一连串虎头蛇尾的行动……"我暗想，把脸藏在衣领里，躲开飘来的雪，"我发疯了。得，随它去吧。……"

尼卡诺尔来到很高很陡的山坡上,先是小心地放马下坡,可是走到半山坡上,马忽然不听使唤,飞快地奔下坡去。他怔了一下,抬起胳膊肘,用我以前从没听他叫过的撒野的和发狂的声音喊道:

"嘿,咱们叫将军坐着快车兜风吧!要是你们跑坏了,将军会买新的,宝贝儿!喂,小心,把你们累死啦!"

直到这时候,雪橇已经跑得非常快,我都透不过气来了,才发觉原来他已经喝得大醉。大概他在火车站上喝过一通酒。到峡谷底下,冰碎裂了,有一小块裹着马粪的硬雪从大路上跳起来,打在我的脸上,打得很痛。狂奔的马一口气冲上山去,跟方才下山一样快,我还没来得及向尼卡诺尔喊叫一声,那辆由三匹马拉着的雪橇就已经在平地上飞驰,窜进一个古老的云杉林,两旁高大的云杉把毛茸茸的白爪子向我身边伸过来。

"我发了疯,车夫喝醉了酒……"我想,"这可真妙!"

我正碰上伊凡·伊凡内奇在家。他笑得直咳嗽,把头靠在我的胸口,说出他一遇见我就必定要说的话:

"您越来越年轻了。我不知道您是用什么颜料染您的头发和胡子的,应当给我一点才是。"

"我是来回拜您的,伊凡·伊凡内奇,"我撒谎说,"您别见怪,我是京城人,讲究礼尚往来,习惯成自然了。"

"很高兴,好朋友!我老糊涂了,喜欢面子。……是啊。"

从他的声调和他那快乐得微笑的脸上,我看得出我这次来访使他受宠若惊。在门厅,有两个村妇给我脱掉皮大衣,由一个穿红色衬衫的农民把它挂在衣钩上。我和伊凡·伊凡内奇一块儿走进他的小书房,有两个光脚的姑娘正坐在那儿地板上,看一本硬封面的画册。她们看见我们来了,就跳起来,跑出去,接着,立刻有个又高又瘦、戴着眼镜的老太婆走进来,向我规规矩矩一鞠躬,从长沙发上拿走一个枕头,从地板上拾起那本画册,走出去了。从隔壁房间里不断传来低语声和光脚走路声。

"我在等大夫来吃饭,"伊凡·伊凡内奇说,"他答应从诊疗所出来,就到我这儿来。是啊。他每个星期三都在我家里吃饭,求上帝赐给他健康。"他向我这边探过头来,吻我的脖子。"您来了,好朋友,那么可见您没有生气,"他喘吁吁地对我小声说,"别生气,亲爱的。是啊。也许心里不好受,可那也别生气。我在死以前,只求上帝一件事:让我同大家老老实实、和睦融洽地生活在一起。是啊。"

"对不起,伊凡·伊凡内奇,我要把一只脚放在这把圈椅上。"我说,感到十分疲劳,不能正襟危坐了。我往长沙发的紧里面一坐,把一只脚放在圈椅上。我的脸遭过风吹雪打以后正在发烧,我的全身似乎都在吸进热气,因而变得瘫软了。"您这儿真好,"我接着说,"温暖,软和,舒服。……还有鹅毛笔,"我看一眼写字台,笑着说,"撒沙器①。……"

"啊?是啊,是啊。……这张写字台和那边一个红木柜子都是一个无师自通的木匠格列勃·布狄加给我父亲做的,他是茹科夫将军的农奴。是啊。……他在这一行当中称得上是大艺术家了。"

他无精打采,用快要睡着的人的声调对我讲木匠布狄加的事。我听着。后来伊凡·伊凡内奇走到隔壁房间,叫我看一个红木衣柜,这柜子特别好看,也特别便宜。他用手指头敲一阵衣柜,然后叫我注意看一个现在已经见不到的带画的瓷砖火炉。他也用手指头敲了敲火炉。那个衣柜、那个瓷砖火炉、那些圈椅、那些用毛线和丝线在十字布上绣成并且镶在结实而难看的框子里的图画,都散发出好心和满足的气息。我回想当年我还是小孩子,常跟母亲到这儿来参加命名日宴会的时候,所有这些家具就已经按照同样的格局放在

---

① 供吸干纸上的墨水用。

同样的地方,于是我简直不能相信它们有一天会不复存在。

我心想:布狄加和我有多么大的差别呀!布狄加制造东西首先注重结实牢固,认为这才是主要点。他对人类的长存赋予一种特殊的意义,根本没有想到死亡,大概也不大相信有死亡的可能;可我呢,在我修建那些要存在一千年的铁路桥梁和石桥的时候,总是忍不住想:"这种东西不会永久存在。……这种东西没什么道理。"如果日后有一位精明的艺术史家凑巧看见布狄加的柜子和我的桥,他就会说:"这是两个人做的,各有特色:布狄加热爱人类,不允许自己想到他们会死亡、会消灭,因此做家具的时候所设想的是不死的人;而阿索陵工程师呢,既不爱人类,也不爱生命,甚至在快乐的创造时刻也不觉得死亡、消灭、止境之类的想法可憎,所以,您看,他这些线条多么渺小、局促、胆怯、可怜。……"

"我只给这些房间生上火,"伊凡·伊凡内奇领我看他那些房间,喃喃地说,"自从我妻子去世,我儿子在战场上阵亡以后,我就把客厅和大厅关起来不用了。是啊……瞧。……"

他推开一个房门,我看见一个大房间,里面立着四根柱子,放着一架旧钢琴,地板上有一堆豌豆。那儿有一股寒气和潮气。

"另一个房间里放着花园里用的长凳……"伊凡·伊凡内奇唠叨说,"现在再也没有人跳玛祖卡舞了。……我就把房间锁上了。"

传来一片嘈杂声。原来索包尔大夫来了。他冷得搓手,理顺他那潮湿的胡子,这当儿,我看出来:第一,他生活得很乏味,所以看见伊凡·伊凡内奇和我很高兴;第二,他是个头脑有点简单的天真汉。他瞧着我,从他的神情看来,好像我很高兴跟他见面,对他很感兴趣似的。

"我有两夜没睡了!"他说,天真地瞧着我,理顺他的胡子,"有一夜是忙着接生,另一夜让臭虫咬了个通宵,我是在农民家里过夜的。您知道,我困得要命。"

他挽住我的胳膊,把我拉进饭厅去,现出一种神情,仿佛这种事除了使我感到愉快以外不会有别的感觉。他那对天真的眼睛,他那件揉皱的上衣,他那个价钱便宜的领结,他那股碘酒的气味,给我留下不愉快的印象。我觉得好像到了下层社会。我们围着桌子坐下,他给我斟上白酒,我无可奈何地微笑着,喝下去。他在我的碟子上放一小块火腿,我乖乖地吃下去。

"求学贵在温习①,"索包尔说,匆匆喝下第二杯酒,"信不信由您,我看见了好人,心里一高兴,连睡意都没有了。我成了乡下人,在穷乡僻壤变野了,变俗了,可是,诸位先生,我仍旧是知识分子,我要诚恳地对你们说:没有人做伴可真难过啊!"

仆人端来凉的白乳猪加洋姜和酸奶油,随后是油腻滚烫的白菜汤,外加猪肉和荞麦粥,粥里腾起一股热

---

① 原文为拉丁语。

气。大夫仍旧说个不停,我马上就确信,他是个性格软弱、外表不整、遭际不幸的人了。他喝下三杯酒便醉了,不自然地活泼起来,吃很多东西,嗽喉咙,吧嗒着嘴唇,用意大利话称呼我"大人"。他天真地瞧着我,好像相信我很高兴看见他,听他讲话似的。他告诉我说,他早已跟他的妻子离婚,把四分之三的薪水拨给她用。她住在城里,带着孩子,一个男孩和一个女孩过活,他喜欢这些孩子。此外,他说他爱上一个寡妇,是个女地主,受过教育,可是他很少到她那儿去,因为他为工作一天忙到晚,根本没有空闲的时间。

"成天价不是守在医院里就是在赶路,"他说,"我可以向您起誓,大人,这是实情:不要说没有工夫去看我所爱的女人,就连读书也没有时间。十年以来我什么书也没读过!十年啊,大人!讲到我的经济方面,那么请您问一声伊凡·伊凡内奇就知道了:有的时候连买烟草的钱都没有。"

"不过您在精神方面是愉快的。"我说。

"什么?"他问,眯起一只眼睛,"不,我们还是喝酒的好。"

我一面听大夫讲话,一面按照我由来已久的习惯,用通常的尺度衡量他,看他是唯利是图者还是理想主义者,爱不爱卢布,是否有合群的天性等,可是没有一种尺度用得上,就连近似的也没有。说来奇怪,如果我光是听他说话,看着他,我倒十分清楚,他是个什么样的人;可是我一旦用我的尺度衡量他,那么尽管他为人坦率而朴实,却变成一个异常复杂、分辨不清、不可理解的人了。我问我自己:这个人会挪用别人的钱,辜负别人的信任,喜欢白白得来的面包吗?这个以前显得严肃重大的问题,现在却显得幼稚、肤浅,不该提了。

仆人送来馅饼,然后,我记得,他们每上一道菜就要停很长的一段时间,我们就利用这些空当喝果子露酒。他们前后送上来的菜有酱汁鸽子、杂碎、烤乳猪、鸭子、山鹑、花椰菜、甜馅饺子、乳渣加牛奶、果子羹,最后一道是果酱煎饼。起初,特别是白菜汤和粥,我吃得津津有味,到后来,却在随口吃东西,吞下去,苦笑,辨不出滋味了。由于那盘热汤和房间里的闷热,我脸上烧得厉害。伊凡·伊凡内奇和索包尔也脸红了。

"为您太太的健康干杯,"索包尔说,"她喜欢我。请您对她说:御医问候她。"

"说实在的,她真幸运!"伊凡·伊凡内奇说,叹口气,"她没有奔走,没有操心,没有忙乱,可是结果,她现在成了全县头一号人物了。几乎全部工作都掌握在她的手里,所有的人都聚在她的四周,有大夫,有地方自治局那些长官,有太太们。对那些真正的人来说,这种事就像是自然而然发生的。是啊。……苹果树用不着操心就长出了苹果,那是自然而然长出来的。"

"冷漠的人才不操心。"我说。

"啊?是啊,是啊……"伊凡·伊凡内奇没有听清,喃喃地说,"这是实在的。……用不着操心。……对,对。……说的就是。……只要在上帝面前,在人面前保持公道,别的都不用管。"

妻　子　集

"大人,"索包尔庄重地说,"您看一看四周围的大自然吧,您的鼻子或者耳朵从您的大衣领子里一露出来,它们马上就会冻得掉下来。在旷野上只要待一个钟头就会被雪盖没。乡村跟留里克时代①一模一样,一点也没有改变,农民仍旧是佩彻涅格人和波洛伏齐人②。他们只知道火灾、饥荒,用各种方法跟自然界作斗争。我要说什么来着?对了!您知道,如果把这些乱七八糟的情况好好想一想,看一看,分析一下,那么,说句不好听的话,这不是生活,而是戏院起火!在这种地方,凡是跌倒的,吓得大叫、乱跑的人,都是秩序的头号敌人。应当站得笔直,睁大眼睛留神瞧,不能惊慌失措!在这种地方,根本没有工夫哭天抹泪,干无关紧要的小事。既然是跟自然界的力量打交道,那就得用同样的力量去对付它,要坚定,不让步,跟石头一样。不

---

① 俄国古代封建王朝。
② 11—13世纪黑海沿岸草原上的突厥系游牧民族,在此借喻"野蛮人"。

是这样吗,老爷爷?"他转过脸去对伊凡·伊凡内奇说,笑了起来。"我自己像个娘儿们,窝囊废,萎靡不振的人,所以我受不了软弱。我不喜欢那些无聊的感情!有的人发愁,有的人胆怯,有的人这时候跑到这儿来,说:'好家伙,你们一口气吃十道菜,居然还谈挨饿的人!'这是无聊、愚蠢!还有些人,大人,会责备您家财豪富。大人,对不起,"他接着大声说,把手放在胸口上,"您给我们的法院侦讯官找了些活儿干,要他黑夜白日为您捉拿窃贼,对不起,这从您那方面来说也是无聊。我喝醉了,所以现在才会说出这些话来,不过您要明白,这是无聊!"

"谁要他操这份心呢?我不明白。"他站起身来,说。我忽然羞愧得不得了,难过得不得了,在桌子旁边走来走去。"谁要他操这份心呢?我根本没有要求过他。……叫他见鬼去吧!"

"他拿住三个农民,又放了。原来他捉错了,眼前正在捉拿新的呢,"索包尔说,笑起来,"这是罪过呀!"

"我根本没有要求他操这份心,"我说,激动得要哭出来,"他这么干是为了什么,为了什么呢?嗯,好,就算我不对,我做错了,就算是这样,可是他们为什么极力给我多添点错处呢?"

"得了,得了,得了,得了!"索包尔安慰我说。"得了!我喝醉了酒,所以才会说出这些话来。我的舌头是我的仇人。得了,"他说,叹口气,"饭也吃了,酒也喝了,现在该睡一觉了。"

他从桌旁站起来,吻一下伊凡·伊凡内奇的头,由于酒足饭饱,一路歪斜地走出饭厅。我和伊凡·伊凡内奇默默地吸烟。

"我呢,亲爱的,饭后是不睡觉的,"伊凡·伊凡内奇说,"请您到休息室去歇一歇吧。"

我同意了。在被人称为休息室的、半明半暗的、生着旺火的房间里,沿墙放着几张又长又宽的长沙发,结实而沉重,都是木匠布狄加的产品,上面高高地放着柔软的白被褥,多半是那个戴眼镜的老太婆铺的。索包尔已经躺在一张沙发床上,脱了上衣和靴子,脸对着沙发背,睡着了;另一张沙发床在等我。我脱掉上衣和靴子。疲劳啦,弥漫在这个安静的休息室里的布狄加的阴魂啦,索包尔的轻微亲切的鼾声啦,降伏了我,我就乖乖地躺了下去。

立刻,我梦见妻子、她的房间、带着憎恨脸色的站长、一堆堆雪、戏院里的火灾。……我还梦见从我的谷仓里偷去二十大袋黑麦的农民。……

"侦讯官把他们放了,毕竟是件好事。"我说。

我被自己的说话声惊醒,迷迷糊糊地瞧了一会儿索包尔宽阔的后背、他的坎肩的扣子、他那圆滚滚的脚后跟,然后又躺下,睡着了。

等我第二次醒过来,天已经黑了。索包尔在沉睡。我心里平平静静,想赶快回家。我穿上衣服,走出休息室。伊凡·伊凡内奇坐在他书房里的一张圈椅里,一动也不动,瞧着一个地方出神,大概我睡觉的时候他一直照这样呆坐着。

妻　子　集

"真好!"我说,打了个哈欠,"我有这样一种感觉,好像我是在复活节开斋以后醒过来似的。今后我要常到您这儿来。告诉我,我妻子以前到您这儿来吃过饭吗?"

"来……来……来……来过,"伊凡·伊凡内奇喃喃地说,极力让身子活动一下,"上个星期六她就来吃过饭。是啊。……她喜欢我。"

略略沉默一会儿,我说:

"伊凡·伊凡内奇,您说过我性情不好,跟我难于相处,您还记得吗?可是,应该怎么办才能改变这种性情呢?"

"我不知道,好朋友。……我是个没用的人了,老得皮肉发松,不会给人出主意了。……是啊。……那一回我跟您说那些话,是因为我爱您,爱您的妻子,爱您的父亲。……是啊。我快要死了,我何必瞒着您不说,或者说谎呢?我爽快地说吧:我十分爱您,然而我不尊敬您。是啊,不尊敬您。"

他回转身来对着我,喘着气小声说:

"要尊敬您是不可能的,好朋友。从外表看来,您倒像是个真正的人。您的外貌和气派很像法国总统卡诺①呢,前几天我在画报上看见过他……是啊。……您谈吐不俗,人也聪明,官阶很高,高不可攀,不过,好朋友,您缺乏真正的灵魂。……您的灵魂没有力量。……是啊。"

"一句话,我是个西徐亚人,"我说,笑起来,"不过,我的妻子怎么样?您跟我谈一谈我妻子的事吧。您比较了解她。"

我打算谈一谈我的妻子,可是索包尔走进来,把话岔开了。

"我睡了个觉,洗了个脸,"他说,天真地瞧着我,"我再喝一杯加朗姆酒的茶,就要回家去了。"

---

① 卡诺(1837—1894),自 1887 年起任法国总统。

七

这时候已经是傍晚七点多钟。把我们从门厅送到门外的,除了伊凡·伊凡内奇以外,还有几个农妇,那个戴眼镜的老太婆,几个姑娘和一个农民,他们流着眼泪,说了种种吉祥话。在那些马旁边,在黑地里,有些人提着灯站在那儿,或者走来走去,他们指点我们的车夫该怎么赶路,走哪条路最好,而且纷纷祝我们一路平安。那些马啦,雪橇啦,人啦,都是白的。

"他家里怎么会有这许多人?"我问,这时候我那辆三套马雪橇和大夫的双套马雪橇正缓缓地驶出院子。

"这都是他的农奴,"索包尔说,"新条例①还没有传到他这儿。有些老仆人要在他的家里一直待到死;

---

① 指1861年俄皇颁布的农奴解放令。

还有各式各样没处安身、无依无靠的人;又有些人硬要住在这儿,赶也赶不走。古怪的老头儿!"

又是马的飞奔,醉醺醺的尼卡诺尔的反常的叫声,大风,纠缠不已、飞进人的眼睛和嘴里和皮大衣的各处皱褶里的白雪。……

"鬼支使我东奔西跑!"我想。我雪橇上的铃铛和大夫的铃铛互相呼应,大风怒号,车夫们呐喊,在这种疯狂般的闹声中我想起这稀奇古怪的一天的种种情形,这在我一生中要算是仅有的一次了。我觉得我真的疯了,或者变成另外一个人了,仿佛今天以前的我,如今在我看来已经成为陌生人了。

大夫的雪橇跟在后面跑,他一直跟他的车夫大声说话。有的时候他追上我了,跟我并排赶路,仍旧天真地相信这在我一定很愉快。他请我吸纸烟,向我要火柴。或者,他一追上我就忽然在雪橇上站起来,挺起身子,挥动他那几乎比胳膊长一倍的皮大衣袖子,嚷着说:

妻 子 集

"快呀,瓦斯卡!赶过那个阔佬去!加油,小猫!"

大夫那些"小猫"就在索包尔和他的瓦斯卡的幸灾乐祸的响亮笑声中冲到前头去了。我的尼卡诺尔生了气,勒住那三匹马,可是等到大夫的铃声听不见了,他却抬起胳膊肘,大喝一声,我那三匹马就发疯般猛追上去。我们跑进一个什么村子。眼前闪过稀疏的灯火和农舍的轮廓,有人喊叫一声:"嘿,这些魔鬼!"雪橇似乎已经跑了两俄里光景,那条街却还在往前伸展,看不见尽头。等到我们追上大夫,两辆雪橇都慢下来,他就向我要火柴,说:

"您来供养这条街上的农民吧!要知道,此地这样的街有五条呢,先生。站住!站住!"他嚷道,"拐弯到小饭铺去!我们得取一下暖,马也得休息一下。"

我们在一个小饭铺旁边停下来。

"在我住的教区里,这样的村子不止一个,"大夫说着,推开一扇装着吱吱响的滑车的门,让我先走进去,"就是大白天来看一看,也还是看不到这条街的尽头,而且另外还有许多小巷,弄得人只有搔头皮的份儿。要出力都很难呀。"

我们走进迎客的"正屋",那儿有浓重的桌布气味。我们进门的时候,一个睡眼惺忪的农民从长凳上跳了起来。他穿着坎肩,衬衫没有塞进裤腰里。索包尔要啤酒,我要茶。

"想出力都很难啊,"索包尔说,"您的太太有信心,我佩服她,尊敬她,可是我自己的信心不大。只要我们对待老百姓的态度仍旧带有普通的慈善工作的性质,如同孤儿院或者残疾人收容所那样,那么,我们就只是在耍花招,蒙蔽人,欺骗自己而已。我们的态度应当实实在在,建立在计算、知识和公正上。我的瓦斯卡在我家做了一辈子工人,如今他那儿没有收成,他挨饿,得了病。如果我现在每天给他十五个戈比,那我是想借此恢复他原先的工人地位,也就是说我首先是要维护我的利益;可是不知为什么,我却把这十五个戈比叫作赈济、补助、做好事。现在我们就来照这样谈一谈这种赈济。按照最起码的计算,每家五口人,每口人七个戈比,那么要养活一千家人,每天就得散发三百五十卢布。这个数字是由我们对那一千家人实实在在、义不容辞的态度所规定的。可是,我们每天不是给三百五,却只给十个,还说这就是赈济、补助,为此您的太太和我们这些人都成了好得出奇的人,引得大家为我们的人道主义喝彩。事情就是这样,老兄!唉,要是我们少谈点人道主义,多算一算,想一想,而且本着良心对待我们的责任就好了!我们当中有多少这样富于感情的人道主义者呀,他们真心诚意拿着认捐单,挨家挨户地跑,可是他们的裁缝和厨娘的工钱,他们却扣着不给。我们的生活没有道理可讲,就是这么的!没有道理可讲!"

我们沉默了一会儿。我暗自计算一下,说:

"我想养活一千家人二百天。您明天来我这儿谈谈吧。"

我这些话说得很朴实,我自己觉得很满意。使我

高兴的是,索包尔回答得更朴实:

"行。"

我们付过该付的账,走出这家小饭铺。

"我喜欢这样坐车赶路,"索包尔说,在雪橇上坐下,"大人,请您把火柴借给我用一用,我把我那盒忘在小饭铺里了。"

过了一刻钟,他那辆双套马雪橇落在后面了。在风雪的呼啸声里,听不到他的铃铛声了。我回到家,在我那些房间里走来走去,仔细考虑,尽量想弄明白我的处境。至于我该对妻子说什么话,我脑子里却一句也想不出,一个字也想不出。我的头脑不灵了。

我什么也没想出来,却下楼去找我的妻子了。她在她的房间里站着,仍旧穿着那件粉红色长衫,仍旧保持着那种姿势,仿佛要拦住我,不准我去碰她那些文件似的。她脸上现出困惑和讥诮的神情。看得出来,她听说我已经回来,就准备好不像昨天那样哭出声来,也不提出要求,也不为自己辩护,而只是嘲笑我,带着轻蔑回答我的话,采取果断的行动。她脸上的表情仿佛在说:既是这样,那我们就分手吧。

"纳塔莉,我没有走掉,"我说,"然而这不是欺骗。我神志失常,衰老,病了,变成另外一个人了,总之,您爱怎么想,都随您。……我总算战战兢兢,战战兢兢地把原来的我摆脱了,我看不起他,为他害臊。不过,从昨天起,在我心里出现的新人,却不容许我走掉。请您不要赶走我,纳塔莉!"

她定睛瞧着我的脸,相信了我的话,她的眼睛里闪着不安。有她在面前,我的心陶醉了,再加上她的房里温暖,我的身子也暖和过来了。我对她伸出手,像说梦话似的喃喃道:

"我要对您说:除了您以外,我连一个亲人也没有。我从来没有一分钟不留恋您,只是顽强的虚荣心不容许我承认这一点。当初我们照夫妇那样生活过的日子,如今是无法挽回了,其实也不必挽回,您就叫我做您的仆人,把我所有的财产都拿去,按您的心意散发出去吧。现在我心里踏踏实实,纳塔莉,我心满意足。……我心里踏实了。……"

我妻子带着好奇的神情凝视着我的脸,忽然轻轻地叫了一声,哭起来,跑进隔壁房间去了。我回到楼上我自己的房间。

过了一个钟头,我已经坐在我的桌子边,写《铁路史》,那些挨饿的人不再妨碍我做这个工作。现在我不再感到心神不宁了。这以后,不管是有一天我同我妻子和索包尔一块儿在彼斯特罗沃村巡查农舍的时候看到的混乱情形,也不管是凶险的谣传,周围的人的错误,我的老年的临近,都不能使我心神不宁了。如同战场上那些飞过的炮弹和枪弹不会妨碍士兵们谈自己的事、吃东西、修理皮靴一样,那些挨饿的人也不来妨碍我安静地睡觉,做我个人的工作了。我家里也罢,我院子里也罢,远处,四面八方也罢,都在沸腾着索包尔大夫称之为"慈善的狂欢"的工作。我的妻子常到我的房间里来,眼睛不安地打量我的房间,仿佛在搜寻还有什么东西可以拿去送给那些挨饿的人,为的是要"找到自己生活下去的正当理由"。我看出来,由于她,不久我们的财产就会一点也不剩,我们就要穷了。然而这也没有使我激动,我对她快活地微笑。以后会怎么样,我就不知道了。

文 学 教 师

一

木头地板上响起马蹄的嘚嘚声;他们从马房里先拉出黑马努林伯爵,然后拉出白毛大马,随后拉出它的妹妹玛依卡。它们全是名贵的骏马。老人谢列斯托夫给大马上好鞍子,对他女儿玛莎说:

"行了,玛丽亚·戈德芙鲁阿,上马!唷!"

玛莎·谢列斯托娃是一家当中顶年轻的一个。她已经十八岁了,可是她的家人积习难改,还把她看做小孩,因此大家仍旧称呼她玛尼娅①和玛纽莎②。自从城里来了个马戏团,她热衷地去看马戏以后,大家又开始把她叫作玛丽亚·戈德芙鲁阿了。

"唷!"她骑到大马的背上,叫了一声。

她姐姐瓦丽娅骑上玛依卡,尼基京骑上努林伯爵,军官们骑上各自的马。这个又长又好看的马队,闪着军官们的白上装,小姐们的黑色骑马装,五颜六色,缓缓地走出院子。

尼基京瞧出来:大家上马的时候,以及后来大家骑着马走过街道的时候,不知因为什么,玛纽莎专注意他一个人。她担忧地瞧着他和努林伯爵,说:

"您得时时刻刻勒住马嚼子,管住它才行,谢尔盖·瓦西里奇。别让它畏缩。那是它装佯。"

要么因为大马跟努林伯爵十分要好,要么也许机会凑巧,总之,她骑着马始终挨着尼基京身旁走,跟昨

---

① ② 都是玛丽亚的小名。

天和前天一样。他呢,瞧着骑在骄傲的白马身上的她那苗条娇小的身子,瞧着她那秀丽的侧影,瞧着那顶跟她一点也不相称、使她看起来显老的高礼帽,心里又快活,又温柔,又痴迷,虽然在听她讲话,可是没大听清她在说什么,却在暗想:

"我凭我的人格担保,对上帝赌咒:我不再怕羞,我今天非跟她说穿不可了……"

那时候是傍晚六点多钟,正是洋槐和丁香的香气非常浓郁,空气和树木本身好像也因为那浓香而变凉了的时候。城中公园里的乐队已经在奏乐。马儿在大街上踩出一片清脆的蹄声,四面八方传来欢笑声、谈话声、关门声。在路上遇到的兵都向军官们敬礼,男学生向尼基京鞠躬。所有从容散步或者匆忙地赶到公园里去听音乐的人,看见这一伙人马,显然都很愉快。天气多么暖和啊!散布在天空东一朵西一朵的白云,那样子多么轻柔!白杨和洋槐的影子伸过整个宽阔的大街,笼罩在街对面的房屋的阳台和二层楼上,看上去多么温柔而舒畅!

他们骑马出城,在大道上快步奔跑起来。这儿已经没有洋槐和丁香的香气,也听不见音乐声,可是田野透出清香,嫩黑麦和小麦碧绿,金花鼠吱吱地叫,白嘴鸦呱呱地噪。不管往哪儿看,到处都是绿油油的,只不过这儿那儿现出几块瓜地,颜色发黑,左边远处在墓园那儿有一片正在凋谢的白色苹果花罢了。

他们走过屠宰场,然后走过啤酒酿造厂,追上一群赶到市郊公园去奏乐的军乐队员。

"波利扬斯基有一匹很好的马,这我不否认,"玛纽莎对尼基京说,用眼睛指了指那个骑着马跟瓦丽娅并排走着的军官,"不过那马有缺点。左腿上有块白斑,简直长的不是地方,而且请看,它的脑袋老往后仰。现在是任凭怎么样也没法叫它不仰了,它要照这样一直仰到死的那一天了。"

玛纽莎跟她父亲一样爱马着了迷。她看见别人有好马,总觉着心痛,一看出别人的马有缺点就痛快。尼基京却一点也不懂马,勒住马缰也好,勒住马嚼子也好,马快跑也好,慢跑也好,在他完全没有什么分别。他只觉得自己骑马的姿势不自然,别扭,因此那些善于骑马的军官一定比他更能使玛纽莎中意。于是他因为她喜欢那些军官而吃醋了。

他们路过郊外的公园,有人提议大家进去,喝点矿泉水。他们就进去了。这公园里只有橡树。那些橡树最近才长出叶子,因此现在从新生的树叶里望出去,仍旧看得见整个公园,和公园里的高台、小桌、秋千。所有的乌鸦窝也都看得见,样子像大帽子。这伙骑马的人和他们同来的小姐们在一张小桌旁边下了马,要矿泉水喝。有些他们认得的人,原在公园里散步,这时候走到他们跟前来。其中有穿高筒靴的军医官,有等音乐师的乐队指挥。医师大概把尼基京看作大学生了,因为他问:

"请问,您是回来过暑假吗?"

"不,我一向住在这儿,"尼基京回答说,"我是中学校的教师。"

"真的吗?"医师觉着奇怪,"这么年轻就已经做老师了?"

"怎么能说年轻?我都二十六岁了!……感谢上帝!"

"您留了胡子和唇髭,可是从您的相貌看起来,您至多不过二十二三岁。您显得多么年轻啊!"

"真是混账话!"尼基京暗想,"连这个人也拿我当小娃娃看待!"

别人讲到他年轻,特别是当着女人或者学生的面,他总是极不痛快。自从他到本城来做事以后,他一直讨厌他自己这副显得过于年轻的相貌。学生不怕他,老人叫他年轻人,女人倒高兴跟他跳舞,却不高兴听他的长篇大论。他呢,情愿付出任何代价,只求马上能老这么十岁才好。

从公园出来,他们再往前走,到谢列斯托夫的田庄去。他们在院子门外勒住马,唤出总管的老婆普拉斯科维亚,要她拿点鲜牛奶来。牛奶拿来了却没人喝。大家互相望望,笑起来,策动马,跑回去了。等到他们骑马回来,乐队已经在市郊公园里奏乐,太阳躲到墓园后面,半个天空给晚霞染成深红色了。

玛纽莎骑着马又跟尼基京并排走着。他有心告诉她说他多么热烈地爱她,可是他又怕给军官们和瓦丽娅听了去,只好不响。玛纽莎也一声不响。他体会到她为什么沉默,为什么骑着马跟他并排走,就暗暗觉着幸福,于是大地、天空、城中的灯火、啤酒酿造厂的黑轮廓,总之,一切东西在他的眼里合成了一种很美妙可爱的东西。他觉着他的努林伯爵仿佛凌空走着,想跃上深红的天空似的。

他们到了家。茶炊已经在花园里的桌子上滚沸,老人谢列斯托夫跟他的朋友,地方法院的官员们坐在桌子的一边谈心,他照例在批评什么事情。

"这是粗鄙!"他说,"粗鄙,不是别的。对了,先生!粗鄙,先生!"

妻 子 集

自从尼基京爱上玛纽莎以后,谢列斯托夫家的东西样样都中他的意:房子、房子旁边的花园、晚茶、藤椅、老奶妈,甚至老人常爱说的那两个字"粗鄙"。他所不喜欢的只有那无数的猫和狗,还有在露台上一个大笼子里凄凉地哀叫着的埃及种鸽子。室内狗和看家狗也实在是多,他跟谢列斯托夫一家来往这么久,却只认清了其中的两只:穆希卡和索木。穆希卡是一条脱了毛的小狗,脸上却毛茸茸,恶毒而且惯坏了。它痛恨尼基京。它每一次看见他,总要偏着头,龇出牙,叫起来:"呜……汪汪汪……呜……"

然后它就趴在椅子底下。每逢他想把它从自己的椅子底下赶走,它就尖声狂吠起来,主人们就说:

"别害怕,它不咬人。它是一条好狗。"

索木是一条高大的黑狗,腿长,尾巴跟木棒那么硬。每逢人们吃饭或者喝茶,它总是一声不响地在桌子底下走动,摇着尾巴拍人们的靴子和桌腿。它是条忠厚的笨狗,可是尼基京受不了它,因为它有个习惯,总喜欢把头放在吃饭的人的膝盖上,弄得裤子沾上它的唾沫。尼基京不止一回用刀柄打它的大额头,用手指头弹它的鼻子,骂它,抱怨它,可是任凭怎么样也还是免不了让自己的裤子沾上污斑。

骑马闲游一番以后,茶啦,果酱啦,面包干啦,牛油啦,显得都很好吃了。他们默默地、津津有味地喝完第一杯茶,不过喝到第二杯,他们就吵起架来了。每次喝茶和吃午饭的时候领头吵架的总是瓦丽娅。她已经二十三岁,长得俊俏,比玛纽莎好看,素来被人认为是这一家人中顶聪明、顶有教养的一个。她的举动端庄严正,凡是在家里代替了亡母地位的大女儿都有这样的气派。她既是这家里的女主人,就觉得有权在客人面前穿着短上衣走来走去,而且直呼那些军官的姓,她把玛纽莎看作小姑娘,用女训导员的口吻跟她谈话。她老是把自己叫作老处女,这就是说,她相信自己准嫁得出去。

每一回谈话,哪怕是讲到天气,她也一定把它变成吵架。她有一种嗜好,喜欢抓住别人的语病,揭穿别人的矛盾,挑剔话里的毛病。您刚跟她谈起什么事,她就盯着您的脸,忽然插嘴说:"对不起,对不起,彼得罗夫,前天您讲的话可是刚好相反啊!"

要不然,她就冷冷地一笑,说:"可是我瞧您是在鼓吹第三厅①的原则呢。那我该给您道喜了。"

要是您说句俏皮话,或者说句双关语,您就马上可以听到她的声音:"这是老套头!"要不然:"这是耍贫嘴!"要是军官说了句俏皮话,她就做出轻蔑的脸相,说:"丘八的俏皮话!"

她把"丘"字念得很用劲,弄得穆希卡总要从椅子底下回她一声:"呜……汪汪汪……"

这回喝茶时候,吵嘴是因为尼基京讲到学校的考试而开的头。

---

① "第三厅"是沙皇的最高警察机构,在1826年成立,目的在于镇压革命活动。"第三厅"特别残酷地迫害进步的出版物和进步的俄罗斯文学。

"对不起,谢尔盖·瓦西里奇,"瓦丽娅拦住他的话,"您说什么学生觉着考试难。容我问您一声,这到底是谁的错呢?比方说,您叫八年级的学生写作文,题目是'作为心理学家的普希金'。第一,不应该出这么难的题目,第二,普希金怎么能算是心理学家呢?是啊,讲到谢德林或者比方说,陀思妥耶夫斯基,那就不同了,可是普希金却是伟大的诗人,再也不是别的。"

"谢德林是一回事,普希金又是一回事。"尼基京闷闷不乐地回答。

"我知道,你们中学校的老师是不大看得起谢德林的,不过问题不在这儿。请您告诉我,普希金在哪方面可以算得是心理学家呢?"

"难道您的意思是说他不是心理学家吗?要是您不嫌弃,我不妨给您举点例子。"

尼基京就朗诵了几段《奥涅金》①,然后又朗诵了

---

① 普希金的诗体小说《叶甫盖尼·奥涅金》。

几段《鲍利斯·戈东诺夫》①。

"我一点也看不出这里头有什么心理学,"瓦丽娅叹道,"心理学家是描写人类灵魂细微曲折的变化的那种人。您念的那些却是优美的诗,再也不是什么别的。"

"我知道您要的心理学是什么!"尼基京说,生气了,"您要的是别人拿把钝锯子来锯我的手指头,我呢,大叫大喊,这就是您所谓的心理学。"

"耍贫嘴!不过您还是没有对我证明为什么普希金是心理学家。"

每逢尼基京因为反对一种他认为狭隘陈腐的或者这一类的见解而不得不吵架的时候,他照例从座位上猛地跳起来,两只手捧住头,哼哼唧唧,从房间这一头跑到那一头。现在也是这个样子:他跳起来,用手抱住头,哼哼唧唧,绕着桌子兜了个圈子,随后在稍稍远一

---

① 普希金的历史诗剧。

点的地方坐下。

军官们来给他撑腰。波利扬斯基上尉开口,对瓦丽娅担保说,普希金真的是心理学家,为要证明这点,他还引了莱蒙托夫的两行诗。盖尔涅特中尉说,如果普希金不是心理学家,他们就不会为他在莫斯科立纪念像了。

"这是粗鄙!"这话从桌子的另一头传来,"我对总督就是这么说的:'这是粗鄙,大人。'"

"我不愿意再吵了!"尼基京叫道,"这样吵下去没完没了!够了!咳,给我滚开,这条脏狗!"他对索木喊道,索木把脑袋和爪子都放到他的膝盖上来了。

"呜……汪汪汪……"狗叫声从椅子底下传来。

"承认您自己错了吧!"瓦丽娅叫道,"承认吧!"

可是这时候有几位做客的小姐走来,吵架自然而然中止了。大家一齐走进大厅。瓦丽娅在钢琴旁边坐下来,开始弹舞曲。他们先跳华尔兹舞,然后跳波利卡舞,再后跳卡德里尔舞和grandrond①舞,由波利扬斯基上尉领着穿过各个房间,然后又跳华尔兹舞。

跳舞时候,老年人坐在大厅里抽烟,看那些青年男女。老人当中有一个是市立信用社的经理谢巴尔津,他以爱好文学和戏剧艺术出名。他创办了当地的音乐戏剧小组,亲自参加演出,不知什么缘故老是只限于演滑稽的听差,或者用唱歌的声调朗诵《女罪人》。他在本城有个外号,叫木乃伊②,因为他长得高,又很瘦,青筋暴起,而且老是做出庄严的脸相,眼睛发呆,没有光彩。他那么真诚地爱好戏剧艺术,甚至剃光上髭和胡子,这就弄得他越发像木乃伊了。

等到大环舞拆散,他迟迟疑疑,侧着点身子走到尼基京跟前,咳了一声,说:

"刚才喝茶时候你们的一番辩论,我很荣幸地全听见了。我十分赞成您的见解。我们的看法一样,因

---

① 法语:"大环舞",一种古代集体舞蹈的花样。
② 古埃及人用防腐剂保存下来的人体。

此跟您谈一谈,在我是很大的乐事。您看过莱辛①的《汉堡剧评》那本书吗?"

"没有,我没看过。"

谢巴尔津大吃一惊,不住地摆手,仿佛烫伤了他的手指头似的。他什么话也没说,从尼基京身边走开了。谢巴尔津的身材、他问的那句话、他那惊奇的神情,尼基京都觉着好笑,不过他仍旧暗想:

"这真叫人难为情。我是文学教师,可是直到今天我还没读过莱辛的书。我得读一读他的著作才成。"

晚饭以前,这班人,老老少少,全坐下来玩"命运"②。他们拿两副牌,一副发给大家,每个人得的牌一般多,一副摊在桌子上,背面朝上。

"谁手里有这张牌,"老人谢列斯托夫翻开第二副牌面上的一张,正正经经地开口说,"命运就派谁马上

---

① 莱辛(1729—1781),德国批评家兼剧作家。
② 一种牌戏名。

到儿童室去吻一下奶妈。"

吻奶妈的荣幸落在谢巴尔津身上了。大家就簇拥着他,把他领到儿童室去,一面笑一面鼓掌,逼他吻奶妈。这就引起了一大片嚷叫喧哗的声音……

"不够热情!"谢列斯托夫喊道,笑得流出眼泪来,"不够热情啊!"

命运派定尼基京听取所有的人的忏悔。他就坐在大厅中央的一把椅子上。有人拿来一块披巾,蒙住他的脑袋。第一个来向他忏悔的是瓦丽娅。

"我知道您的罪,"尼基京开口说,在黑暗中瞧着她那副严厉的模样,"小姐,告诉我,您每天跟波利扬斯基一块儿出去散步,到底是为什么?哼,她绝不会无缘无故跟骠骑兵在一块儿呀!"

"这是耍贫嘴。"瓦丽娅说,走开了。

然后,他在披巾里面看见两只凝眸不动的大眼睛闪闪发光,还在黑暗中隐约看到一张可爱的脸儿的轮廓,又闻到一股早已熟悉的名贵香水的气味,使得尼基京想起了玛纽莎的房间。

"玛丽亚·戈德芙鲁阿,"他说,嗓音都变了,它变得那么柔和而温存,"您犯的是什么罪呢?"

玛纽莎眯细眼睛,朝他吐了吐舌尖,然后她笑起来,走开了。过一分钟,她站在大厅中央,拍着手叫道:

"吃晚饭啦,吃晚饭啦,吃晚饭啦!"

大家就一齐拥进了饭厅。

吃晚饭的时候,瓦丽娅又吵起架来,这回是跟她父亲吵。波利扬斯基庄重地吃着,喝着红葡萄酒,对尼基京讲起有一年冬天作战的时候,他怎样通宵站在一个沼泽里,烂泥没到膝头,讲起敌人离得怎样近,大家奉命不准抽烟或讲话,那天夜里又冷又黑,刮着刺骨的寒风。尼基京听着,斜起眼睛看玛纽莎。她呢,正在一动不动地盯着他看,眼也不眨,仿佛在想什么心事,或者是想得出了神似的……这使他觉得又快活又痛苦。

"为什么她这样看着我呢?"这问题折磨着他,"这真叫人难为情。人家会瞧出来的。啊,她还多么年轻,多么天真啊!"

午夜,客人散了。尼基京刚刚走出门口,楼上一扇小窗子就砰的一声推开了,玛纽莎探出头来。

"谢尔盖·瓦西里奇!"她招呼一声。

"有什么吩咐吗?"

"是这么回事……"玛纽莎说,明明想找点话说,"是这么回事……波利扬斯基答应一两天内带着他的照相机来,给我们大家照相。我们得在这儿聚齐才行。"

"好吧。"

玛纽莎消失了,窗子砰的一声关上,那所房子里立刻有人弹起钢琴来。

"嘿,这一家人!"尼基京想着,穿过大街,"这个家里没有人唉声叹气,只有那些埃及种的鸽子除外,可是就连那些鸽子唉声叹气也只是因为它们不会用别的方法表白它们的欢乐罢了!"

不过,也并不是只有谢列斯托夫家才过得快活。

尼基京还没走出两百步去，就听见另一所房子里传出钢琴声来。他再往前走不远，又看见一个农民在门口弹三弦琴。公园里，乐队奏着俄罗斯歌曲中的集成曲……

尼基京的家离谢列斯托夫家有半俄里远，那是一个公寓，共有八个房间，他按年租三百卢布赁下来，跟他的同事史地教师伊波里特·伊波里狄奇同住。那位伊波里特·伊波里狄奇还不能算是老人，长着狮子鼻和棕红色的小胡子，相貌有点粗，不文气，跟工匠一样，可是神情温和。尼基京走回家的时候，他正坐在自己房间里桌子旁边改学生们画的地图。他认为学地理顶要紧顶重大的事是画地图，学历史呢，是记年表，他往往一连好几夜坐在那儿用蓝铅笔改他的男学生和女学生所画的地图，或者编年表。

"今天天气多好啊！"尼基京走进他的房间里说，"您真叫人奇怪，怎么能坐在房间里不出去呢？"

伊波里特·伊波里狄奇是个不善于言谈的人，他

要么一声不响,要么只讲些人人早已知道的事。现在他就是这样回答:

"不错,非常好的天气。现在是五月,不久就要到真正的夏天了。夏天跟冬天不同。冬天得生炉子,可是夏天不生炉子也暖和。夏天晚上开着窗子还是觉着热,冬天就连装了双层窗子也还是觉得冷。"

尼基京在桌旁坐了没到一分钟,就觉着烦闷了。

"晚安!"他说,站起来,打个呵欠,"我本来想告诉您一件跟我有关系的爱情方面的事,可是您呢,就知道搞地理!人家刚跟您谈到爱情,您就会立刻问:'卡尔卡战役是在哪年?'您跟您那些大战役啦,您那些丘库奇岬①啦,统统见鬼去吧!"

"您为什么生气?"

"真烦死了!"

他想到他还没有跟玛纽莎说穿,又想到现在找不

---

① 在西伯利亚。

到一个可以谈一谈自己的爱情的人,就心烦起来,走进自己的书房,在一个长沙发上躺下。书房里黑暗而寂静。尼基京躺在那儿,呆望着黑暗,不知什么缘故,开始想象过两三年后他为办一件事要到彼得堡去,玛纽莎怎样到车站去送他,哭哭啼啼,到了彼得堡,他怎样接着她寄来的一封长信,恳求他快点回家。他呢,怎样写信给她……他的信开头照这样写:"我亲爱的小耗子!……"

"对了,就写我亲爱的小耗子!"他说,笑起来。

他觉着躺得不舒服。他就把两条胳膊垫在脑袋底下,抬起左腿来架在长沙发靠背上。他觉得舒服了。这当儿,窗口开始明显地发白,睡意蒙眬的公鸡在院子里高声啼起来。尼基京接着想他怎样从彼得堡回来,玛纽莎怎样到车站来接他,高兴得尖叫一声,扑过来搂住他的脖子。或者,更妙一点儿,他要个花招:半夜三更偷偷回到家里,厨娘替他开门,然后他踮起脚尖走进卧室,一声不响脱掉衣服,一下子跳上床!她醒过来,乐得什么似的!

天大亮了。窗子和书房却不见了。在昨天他们骑马路过的那个啤酒酿造厂的门廊台阶上,坐着玛纽莎,喃喃地说着什么。随后她挽着尼基京的胳膊,跟他一块儿走进市郊公园。在那儿他看见橡树和像帽子一样的乌鸦窠。有一个窠摇晃起来,谢巴尔津从里面探出头,大喝一声:"您没看过莱辛的书!"

尼基京周身打一个冷战,睁开眼睛。伊波里特·伊波里狄奇站在长沙发前面,头往后仰着,正在打领带。

"起来吧,现在该到学校去了,"他说,"不应当穿着衣服睡觉。这样会弄坏你的衣服。应当脱了衣服睡在床上才对……"

照往常一样,他开始冗长而抑扬顿挫地讲着人人早已知道的事。

尼基京的第一堂课是二年级的俄语。九点钟整,他走进教室,却看见黑板上用粉笔写着两个大字——

玛·谢。这两个字大概指的是玛莎·谢列斯托娃。

"他们已经闻出来了,这些坏蛋……"尼基京想,"他们怎么会知道这件事的?"

第二堂文学课是在五年级。黑板上也写着玛·谢两个字。他上完课走出教室,听见身后传来一片叫嚷声,仿佛是戏院里最高楼座上传来的喝彩声:

"乌拉!谢列斯托娃!!"

由于和衣睡了一觉,他的脑袋不好受,身体酸懒发软。那些学生天天盼望着考试以前的停课,什么功课也做不下去,心里焦躁,由于无聊而胡闹起来。尼基京也厌烦,没理会他们的胡闹,不断地走到窗前去。他看见大街让太阳照得挺亮。房子上空是透明的蓝天和鸟雀,远远的,在苍翠的公园和许多房子的背后是广漠无垠的远方、罩在蓝色雾霭里的小树林、奔驰的火车冒出来的煤烟……

这时候有两个穿白上装的军官耍弄着小马鞭,走过街上洋槐的树荫。然后有一群犹太人,留着白胡子,戴着便帽,坐着一辆敞篷马车经过这里。一个家庭女教师带着校长的孙女出来散步……索木同另外两条狗不知跑到什么地方去……然后瓦丽娅穿一身素雅的灰衣服和红袜子,手里拿着《欧罗巴通报》,走过去。她必是到市立图书馆去了一趟……

下学还早得很呢,要到下午三点钟!课后他还不能回家,也不能到谢列斯托夫家里去,却得到沃尔夫家里去教课才行。这沃尔夫是个有钱的犹太人,改信路德派①,不把自己的孩子们送进中学校,却请中学的教师到家里来教他们,每上一回课给五个卢布……

"心里真闷啊,闷啊,闷啊!"他暗想。

到三点钟,他到沃尔夫家里去了,坐在那儿他觉着时间好像长得无穷无尽似的。五点钟他离开那儿,可是六点多钟他得回到中学校去开教师会议,拟定四年级和六年级的口试时间表!

---

① 路德派是基督教中的新教派。

他到暮色很深的时候才离开中学到谢列斯托夫家里去。他心跳,脸红。一个月以前,甚至一个星期以前,每逢他打定主意向她求爱,他总是准备好一大套话,有开场白,有结束语。现在呢,他却一个字也没准备好,他的脑子里乱哄哄的,他所知道的只是今天他一定要说出自己的爱情,再拖下去是绝对不行了。

"我要邀她到花园里去,"他想,"我们先蹓跶一会儿,然后就说出自己的爱情……"

前厅里没有一个人。他走进大厅,后来又走进客厅……那儿也是一个人都没有。他听见瓦丽娅在楼上跟人吵嘴,还听见儿童室里有雇来的女裁缝的剪刀的裁剪声。

这所房子里有一个小房间,同时有三个名字:小房间、过路的房间、黑房间。那里面有一个旧的大立柜,里面装着药品、弹药、猎具。这房间里有一道窄小的木头楼梯通到楼上,楼梯上老是睡着猫。这房间有两个门,一个通到儿童室,一个通到客厅。尼基京走进这个房间,预备上楼去,忽然儿童室的门开了,又砰的一声关上了,震得楼梯和立柜发颤。玛纽莎穿着黑衣服,跑进房间里来,手里拿着一段蓝色衣料。她没看见尼基京,照直往楼梯口跑去。

"等一等……"尼基京拦住她,说,"您好,戈德芙鲁阿……容我……"

他上气不接下气,不知道该说什么好。他一只手拉住她的手,一只手抓住蓝色衣料。她呢,不知是害怕还是惊奇,睁着大眼睛瞧他。

"容我……"尼基京接着说,生怕她走掉,"我要跟您谈一件事……只是……这儿不方便。我不能,我不能够……戈德芙鲁阿,您明白不,我不能……就是这么回事……"

蓝色衣料掉在地板上,尼基京拉住玛纽莎的另一只手。她脸色煞白,努动嘴唇,然后从尼基京面前往后退,退啊退的,发现自己夹在墙壁和立柜中间的角落里了。

"凭我的人格,我向您担保……"他轻声说,"玛纽莎,凭我的人格……"

她扬起头,他就吻她的嘴唇,为了吻得久些,他用手指头捧住她的脸蛋儿。后来,不知怎么一来,他发现自己夹在墙壁和立柜中间的角落里了。她伸出胳膊搂着他的脖子,脑袋抵着他的下巴。

随后他们双双跑进花园去了。

谢列斯托夫家有一个占地四俄亩的大花园,里面有约摸二十棵老枫树和菩提树,有一棵枞树,此外全是果树:樱桃树啦,苹果树啦,梨树啦,野栗树啦,银白的橄榄树啦……花也很多。

尼基京和玛纽莎一句话也不说,顺林荫路跑着,笑着,时不时地互相问些前后不连贯的话,谁也不回答。在花园的上空,一弯新月照着;在地上淡淡的月光下,含着睡意的郁金香和鸢尾花从黑暗的青草里探身出来,仿佛请求人们也跟它们谈情说爱似的。

等到尼基京和玛纽莎回到正房里来,军官们和小

妻子集

姐们已经到齐,正在跳玛祖尔卡舞①。波利扬斯基又领头带着众人跳大环舞,走遍各个房间,跳完舞大家又玩"命运"。晚饭前,等到客人已经从大厅走进饭厅,只剩下玛纽莎和尼基京在一块儿,玛纽莎就紧偎在他的身边,说:

"你自己去跟爸爸和瓦丽娅谈吧。我怕羞……"

晚饭后,他去找老人谈话。谢列斯托夫听他说完,想了想,说:

"承您看得起我和我的女儿,我很感激,不过容我像朋友那样跟您谈一谈。我不是凭父辈的身份跟您讲话,却是照上流人对上流人那样跟您讲话。请您告诉我,您年纪还这么轻,何苦要结婚呢?只有乡下人才那么年轻就结婚,那当然是粗鄙,可是您是为什么呢?您这样年轻,就给自己戴上镣铐,到底有什么乐趣呢?"

"我完全不能算年轻了!"尼基京生气地说,"我已

---

① 波兰的一种民族舞。

经快满二十七岁了。"

"爸爸,兽医来了!"瓦丽娅在隔壁房间里叫道。

谈话就此中断。瓦丽娅、玛纽莎、波利扬斯基,送尼基京回家。他们走到他的家门口,瓦丽娅说:

"为什么您那个神秘的劈里拍拉·劈里拍拉奇从来不在什么地方露面? 他尽可以到我们家里来玩啊。"

尼基京走进去,那位神秘的伊波里特·伊波里狄奇正坐在自己床上脱裤子。

"别躺下睡觉,亲爱的!"尼基京喘吁吁地对他说,"等一会儿,别躺下睡觉!"

伊波里特·伊波里狄奇赶紧穿好裤子,惊慌地问:

"究竟什么事?"

"我要结婚了!"

尼基京在他的同事身旁坐下,瞧着他,带着惊奇的眼神,好像觉得自己很古怪似的,说:

"您想想看,我就要结婚了! 跟玛莎·谢列斯托娃结婚！今天我求婚来着。"

"哦？她好像是个挺好的姑娘。只是她年轻得很。"

"是啊,她年轻!"尼基京叹了一口气,说,现出担忧的神气耸耸肩膀,"年轻得很,年轻得很哟!"

"她在我教过的中学里念过书。我认识她。她的地理学得还好,历史不行。她上课不专心听讲。"

不知什么缘故,尼基京忽然可怜他的同事,想对他说点温存的安慰话。

"好朋友,您为什么不结婚呢？"他问,"伊波里特·伊波里狄奇,比方说,您为什么不去跟瓦丽娅结婚呢？她是个可爱的、非常好的姑娘啊！固然她很喜欢吵架,不过她那颗心……那是什么样的心啊！她刚才还问起您呢。跟她结婚吧,好朋友！嗯？"

他明明知道瓦丽娅绝不肯嫁给这么一个无味的、翘鼻子的人,可是仍旧劝他娶她。这是为什么呢？

"婚姻是终身大事,"伊波里特·伊波里狄奇想一想,说,"人得面面顾到,考虑周详才成,万不可以草率从事。慎重绝没有害处,特别是在婚姻方面,因为一结婚,就不再做单身汉,要开始过新生活了。"

他又开始讲那些人人早已知道的话。尼基京听不下去,道了晚安,回到自己房间里去了。他很快地脱掉衣服,很快地上床,为的是赶快开始想自己的幸福,想玛纽莎,想将来,微微地笑着,忽然想起自己还没读过莱辛的著作。

"我得读一读他的著作才成……"他想,"其实,话说回来,我何必读它呢?滚它的!"

而且他让自己的幸福弄得很累,马上就睡着了,脸上的微笑一直保持到第二天清早。

他在梦中听见木头地板上的嘚嘚马蹄声。他梦见从马房里先牵出黑马努林伯爵,随后牵出白毛大马,再后,牵出它的妹妹玛依卡……

二

"教堂里很拥挤,很嘈杂,有一回甚至有个人叫喊起来,替玛纽莎和我举行结婚仪式的大司祭,隔着眼镜望着人群,厉声说道:

"'不准在教堂里走来走去,不准嚷,安安静静站在那儿祷告。应该敬畏上帝才是。'

"我的男傧相是我的两个同事,玛尼娅的男傧相是波利扬斯基上尉和盖尔涅特中尉。主教的唱诗班唱得好极了。烛花的爆裂声啦,灿烂的光啦,华丽的服装啦,军官啦,无数快活满意的脸啦,玛尼娅那种特别娇弱的神情啦,总之,整个环境和婚礼的祷告词,把我感动得流下泪来,使我满腔得意。我想:近来我的生活开了多么茂盛的花,变得多么美丽而富于诗意!两年以前,我还是个大学生,我还在涅格林诺伊租住着便宜的公寓房间,没有钱,没有亲属,而且,依我当时的想法,也没有前途。现在呢,我是一个顶好的省城里的中学教师,收入牢靠,有人爱,万事如意。我暗想:都是为了我,这群人才聚在这儿,都是为了我,那三个枝形烛架才点亮,助祭才大声喊叫,唱诗班才努力唱好。不久我就可以叫一声妻子的那个年轻的人儿这么年轻,这么优雅,这么高兴,那也是为了我。我想起我们最初的相逢,想起我们城外的旅行,想起我的求爱,想起天气,整个夏天,仿佛上天故意安排好了似的,天气好得不得了。当初住在涅格林诺伊,我觉得只有在长篇和中篇小说里才可能有的那种幸福,现在我却实际经历到了,仿佛已经把它抓在手心里了似的。

"行完婚礼,大家乱糟糟地围着我和玛尼娅,表白他们的真诚的快乐,向我们道喜,祝我们幸福。有一位准将是一个将近七十岁的老头儿,只向玛纽莎一个人道喜,用尖细的苍老嗓音对她说话,声音却响得整个教堂都听得见:

"'亲爱的,我希望您婚后也仍旧跟眼前一样是一

朵玫瑰花。'

"军官们、校长、所有的教师,都出于礼貌微微地笑。我也觉得我自己的脸上有一种愉快的、做作出来的笑容。史地教师,最亲爱的伊波里特·伊波里狄奇,素来讲些人人早已知道的话,这时候使劲握住我的手,亲切地说:

"'这以前您没结婚,一直单身过活。现在您结婚了,要两个人一块儿生活了。'

"我们从教堂里出来,坐车到一座两层楼的没抹灰泥的房子去,那是嫁妆的一部分,现在由我接收下来了。除了这所房子以外,玛尼娅还带给我大约两万卢布,和一片叫作美里托诺甫斯卡亚的荒地,那儿有一所给看守人住的小房子,据说还有很多鸡、鸭,没人照管,变成野鸡、野鸭了。我从教堂来到这儿,就走进我的新书房,伸个懒腰,在一个土耳其式长沙发上躺下来,摊开四肢,抽烟,我觉着软和、舒服、安乐,这是我生平从没感到过的。这当儿客人们正在欢呼'乌拉',前厅有一个不高明的乐队吹奏喜歌和种种乱七八糟的曲子。玛尼娅的姐姐瓦丽娅跑进书房里来,手里拿着一个高脚玻璃杯,脸上现出古怪的紧张表情,仿佛嘴里含满了水似的;她分明还想再往前走,可是忽然又哭又笑起来,酒杯当的一声落在地板上。我们搀着她的胳膊,领她走了。

"'谁也弄不懂!'后来她躺在后屋老奶妈的床上,含含糊糊地说,'弄不懂,弄不懂!我的上帝啊,谁也弄不懂!'

"可是人人都十分明白:她比她妹妹玛尼娅大四岁,却还没结婚。她哭,倒不是出于忌妒,却是因为她忧郁地领会到她的年华正在消逝,甚至也许已经消逝了。他们跳卡德里尔舞的时候,她带着一张沾着泪痕、擦了浓粉的脸回到大厅里来。我看见波利扬斯基上尉在她面前端着一碟冰激凌,她拿小调羹舀着吃……

"这时候已经是清早五点多钟了。我拿起我的日记本来描写我的圆满而多彩的幸福,心想我要写出足足六页来,明天好念给玛尼娅听。可是说来奇怪,我的脑子里乱七八糟,迷迷糊糊,跟在做梦一样。我只生动地想起瓦丽娅那段插曲,想写一句:'可怜的瓦丽娅!'我简直能够照这样一直坐下去,写:'可怜的瓦丽娅!'顺便提一句,树叶沙沙地响起来,天要下雨了。乌鸦呱呱地叫;我的玛尼娅刚刚睡着,不知为什么,她的脸色忧愁。"

后来,有很长一阵子尼基京没写日记。八月初,他开始忙补考和入学考试,过了圣母升天节,学校开学了。照例早上八点多钟他动身上学校去,到九点多钟就已经惦记玛尼娅和他的新家,不住地看表了。上低年级课的时候,他就叫一个学生起来念书,让别的学生随着默写。在孩子们默写的时候,他自己坐在窗台上,闭了眼睛遐想。不管瞻望将来也好,回想过去也好,在他都是同等美妙,跟神话一样。上高年级课的时候,他叫学生大声读果戈理或者普希金的散文,这使得他犯困,人啦,树啦,田野啦,马啦,在他的幻想里升起来,他

就叹口气,仿佛让作者迷住似的,说:

"多么好呀!"

在中午休息时间,玛尼娅打发人给他送来早饭,上面盖着雪白的小餐巾,他就慢慢地吃着,吃吃停停,停停吃吃,好拉长享受的时间。伊波里特·伊波里狄奇的早饭照例只有白面包,他尊敬而羡慕地瞧着他,说些人人熟悉的事情,例如:

"人不吃东西就不能生存。"

放学以后,尼基京先去教家馆。最后他五点多钟回家去,觉得又快活又不安,仿佛出去了整整一年似的。他上气不接下气地跑上楼去,找到玛纽莎,搂住她,吻她,发誓说他爱她,没有她就活不下去,又着重地说他十分惦记她,还提心吊胆地问她身体可好,为什么脸色那么不快活。然后他们两个人吃午饭。饭后他在书房里一个长沙发上躺下来,抽烟,她坐在他身旁,低声讲话。

现在他的顶幸福的日子是星期日和假日,到了那种日子他就一天到晚在家里待着。在那种日子他过着纯朴的,然而非常愉快的生活,它使他联想到牧歌式的田园生活。他一刻也不停地观察他那头脑清楚、办事认真的玛尼娅怎样布置她的窠儿。他自己也想表示自己在家里不是多余的人,就做些白费力气的事情,比方说,从车房里推出双轮马车来,绕着它走一圈看一遍。玛纽莎用三头奶牛办了一个地道的牛奶场,在她那些大小地窖里收藏着许多坛牛奶和许多小罐的酸奶油,全是留着做黄油用的。有时候尼基京想开玩笑,就问她要一杯牛奶喝,她吓慌了,因为这搅乱了她定下的规矩。于是他笑着搂住她,说:

"算了,算了,我是闹着玩儿的,我的宝贝儿!我是闹着玩儿的!"

要不然,他就嘲笑她的小家子气,比方说,她在食橱里找到一小块变了味的、跟石头那么硬的腊肠或者干酪,她就一本正经地说:

"让厨房里的用人拿去吃吧。"

他对她说,这么一小块东西只配放到捕鼠器上去,她就开始激昂地证明说男人根本不懂家务事,哪怕你送三普特的珍馐美味到厨房去,也不会使得仆人大吃一惊的。他就同意她的话,欢欢喜喜地搂抱她。凡是她所说的公道话,他总觉得不平凡而惊人,至于她所说的跟他的见解抵触的话,他也觉得天真而动人。

有时候他起了玄想的兴致,他就谈起抽象的问题来。她听着,好奇地瞧着他的脸。

"我跟你在一块儿,真是无限地幸福,我亲爱的,"他说,抚摸着她的手指头,或者把她的辫子拆散,再编好,"不过我不认为我这种幸福是一种偶然落到我身上来的东西,好像从天上掉下来的一样。这幸福是一种十分自然的、合情合理的、势所必然的现象。我相信人是自己的幸福的创造者,现在我得到的正是我自己创造的东西。对了,我要不假装谦虚地说:我自己创造了这幸福,我有权享受这幸福。你知道我的过去。孤苦、贫困,不幸的童年、惨淡的青春,这一切都是奋斗,这就是我铺平的、达到幸福的一条路……"

十月间,中学校遭到重大的损失,伊波里特·伊波里狄奇脑袋上生了丹毒,死了。他临死的前两天,已经神志不清,说胡话了,不过哪怕是说胡话,他也只说些人人都知道的事情。

"伏尔加河流进里海……马吃燕麦和草料……"

他出殡的那天,学校停课。在他的同事和学生抬着盖严的灵柩到墓园去的一路上,学校的唱诗班唱着《神圣的上帝》。三个司祭,两个助祭,所有男学生和中学的教职员,还有主教那个穿着讲究的长外衣的唱诗班都参加了出殡的行列。过路的行人碰见这隆重的出殡行列,就在胸前画十字,说:

"求上帝让我们大家都死得这么风光才好。"

从墓园回到家里,尼基京感动得很,从桌子抽屉里找出日记本来,写道:

"我们刚刚把伊波里特·伊波里狄奇·雷日茨基放进坟墓。

"愿你安息吧,勤劳的工作者!玛尼娅、瓦丽娅和送葬的一切女人全动了真情,哭了,也许因为她们知道这个没有趣味的、受尽折磨的人永世没被任何一个女人爱过吧。我原想在我同事的坟墓上说几句热情的话,可是有人警告我,说这样会惹得校长不高兴,因为他不喜欢这个死者。自从结婚以来,好像这还是第一天我的心头不轻松……"

后来在这一学期里,没出什么特别的事。

冬天天气暖和,下着湿雪,不算太冷,比方说,在主显节的前夜,大风整整哀号了一夜,仿佛到了秋天似的。水从房檐上滴下来,到早晨,在举行圣水仪式①的时候,警察不许任何人到河面上去,因为据说冰在膨胀,变黑了。可是尽管天气坏,尼基京生活得仍旧跟夏天一样幸福。他甚至又添了另外一种娱乐:他学会了

---

① 基督教的仪式,为水祝福,在1月6日举行。

妻　子　集

玩"文特"①。只有两样东西偶尔使他烦躁,惹他生气,似乎妨害他的幸福不能变得圆满,那就是猫和狗,这是他连同妻子的嫁奁一齐接收下来的。各房间里,特别是在早晨,总有一股动物园的气味,任凭怎么样也消不掉那股臭气。猫常跟狗打架。那凶恶的穆希卡一天要喂十次才行;它至今还是不认尼基京,老是对他唔唔地叫:

"呜……汪汪汪……"

大斋的一天晚上,他在俱乐部里打完牌,午夜走出来,回家去。天黑,下雨,道路泥泞。尼基京心里有一种不痛快的感觉,无论如何也弄不清是什么缘故。不知道那是因为他在俱乐部里打牌输了十二卢布呢,还是因为付牌账的时候有一位对手说了句尼基京当然有的是钱,这不明明是指他妻子的陪嫁钱说的吗?他并不心疼那十二卢布,对手的那句话也没有什么可气的

---

① 一种牌戏名。

地方,不过,那不痛快的感觉仍旧存在。他甚至不想回家去了。

"呸,真不好!"他说,在一个灯柱旁边站住。

他猛地想到他所以不心疼那十二卢布,是因为那笔钱在他是白来的。如果他是工人,那他就会明白每一个戈比的价值,就不会不在乎输赢。再者,他心想:就是他的全部幸福在他也完全是白来的,没费什么气力,实际上对他来说是奢侈品,就跟药物对健康的人来说是奢侈品一样。要是他跟绝大多数的人那样,老是为一块面包操心,为生存奋斗,要是他工作累得胸口和背脊疼痛,那么晚饭啦,温暖舒服的住所啦,家庭幸福啦,才会成为他生活中的必需品、奖赏和装饰品。照眼前这样,那一切在他却只有一种古怪的、不明确的意义罢了。

"呸,真不好!"他又说一遍,十分清楚地知道这种想法本身就已经是坏兆头。

等他走到家,玛尼娅已经睡在床上了。她呼吸平匀,满脸笑容,明明睡得很舒服。一只白猫躺在她身旁,蜷成一团,呜呜地打呼噜。尼基京点亮蜡烛,再点上一根烟,玛尼娅醒来了,一口气喝下一杯水。

"我大吃了一顿蜜饯,"她说,笑起来,"你到我家里去了吗?"她停了一停,问道。

"没有,我没去。"

尼基京已经知道波利扬斯基上尉(瓦丽娅最近在他身上寄托了很大的希望)要调到西部的一省去,他已经在城里各处辞行,所以岳丈的家里很沉闷。

"今天傍晚瓦丽娅来了一趟,"玛尼娅说,坐起来,"她没说什么,可是从她脸上看得出她多么难过,可怜的人!我看不入眼那个波利扬斯基。他胖得皮肉松软,一走路,一跳舞,他的腮帮子就哆嗦……我绝不会挑中那种人。不过,我本来总当他是个正派人。"

"就是现在我也认为他是正派人。"尼基京说。

"那他为什么待瓦丽娅那么不好?"

"怎见得不好呢?"尼基京问,开始气恼那只白猫,它正在伸懒腰,弓起背来,"据我所知道的,他并没求婚,也没应许过她什么话。"

"那他为什么常到我家里去?要是他不想跟她结婚,他就不应该去。"

尼基京吹熄蜡烛,上了床。可是他觉着不困,也不想躺着。他觉得自己的脑袋又大又空,跟粮仓一样,有些特别的新思想在里面游荡,好像是些细长的阴影。他想除了那盏圣像灯的柔光所照着的恬静的家庭幸福以外,除了他和那只猫平静甜蜜地生活着的这个小世界以外,还有另外一个世界……他就忽然生出热烈迫切的愿望,一心想到那个世界里去,在一个工厂或者什么大作坊里做工,或者去发表演说,去写文章,去出版书籍,去奔走呼号,去劳累,去受苦……他需要一样东西来抓住他的全身心,使得他忘记自己,不管个人的幸福,这种幸福的感觉是那样单调无味。他的脑子里忽然活生生地升起谢巴尔津的剃光胡子的模样,吃惊地对他说:

"您居然没读过莱辛的著作!您多么落后!上帝啊,您多么堕落!"

玛尼娅又开始喝水。他瞧着她的脖子,瞧着她的丰满的肩膀和胸脯,想起当初那个准将在教堂里说过的那句话:"玫瑰花。"

"玫瑰花。"他嘟哝了一句,笑起来。

他的笑声由床底下睡意蒙眬的穆希卡的吠声接应着:

"呜……汪汪汪……"

浓重的怨恨像一个冰凉的小锤子那样捣他的心。他有意对玛尼娅说句粗鲁的话,甚至想跳起来打她。他心跳起来。

"这么一说,"他抑制着自己的愤怒问,"当初我既是到你们家里去,我就非跟你结婚不可?"

"当然。这你自己也很明白嘛。"

"妙极了。"

过了一分钟,他又说一遍:

"妙极了。"

为了让自己的心平静下来,为了少说废话,尼基京就走进自己的书房,在长沙发上躺下来,也不垫个枕头。后来他又躺在地板上的地毯上。

"简直是胡想!"他宽慰自己说,"你是教师,干的是顶高尚的职业……你何必还要什么另外的世界?真是荒唐!"

可是他立刻很有把握地对自己说:他完全算不得教师,不过是个官僚罢了,跟那教希腊语的捷克人一样庸碌无能。他素来没有当教师的志向,一点也不懂儿童教育,对它也从不发生兴趣。他不知道该怎样对待孩子才好。他不明白他所教的课的意义,甚至也许简直没教对。去世的伊波里特·伊波里狄奇明显地蠢笨,所有的同事和学生都知道他是怎样一个人,都料得出他的作为,可是他尼基京跟那捷克人一样,善于掩藏自己的蠢笨,巧妙地蒙哄大家,装出他的一切都顺顺当当的样子。这些新想法使得尼基京害怕。他丢开它们,骂它们荒唐,相信这全是因为他精神失常,将来他会笑他自己。

到第二天早晨,他果然笑自己神经过敏,骂自己是个娘们儿,可是他已经清楚地感到他的平静心境消失了,大概永远消失了。在这没抹灰泥的两层楼的小房子里,要想幸福在他已经不可能了。他发觉幻想已经破灭,一种新的、心思不宁的、自觉的生活正在开端,这跟平静心境和个人幸福却不能并存。

第二天是星期日,他在中学校的小教堂里碰见校长和同事。他觉得他们都仿佛在费尽心机周密地遮盖自己的无知和对生活的不满。他自己为了不在他们面前露出自己的心慌意乱,就赔着笑脸,讲些废话。然后他到火车站去看邮车开来,再开走。他觉着倒是剩下自己一个人,不必跟别人敷衍,还痛快些。

回到家里,他碰见瓦丽娅和他岳丈来他家里吃饭。瓦丽娅带着泪痕,抱怨头痛。谢列斯托夫吃了很多东西,说眼下的青年人全靠不住,他们当中很少人有正人君子的胸襟。

"这是粗鄙!"他说,"我要当面对他这样说:'这是粗鄙,先生。'"

尼基京赔着笑脸,帮玛尼娅招待客人,可是吃过饭,他却走进自己的书房,关上了门。

三月的太阳光辉灿烂,照进玻璃窗,在桌上洒下炎热的光。这天只不过是这月的十二日,可是马车夫已经在赶马车①,椋鸟已经在花园里喊喊喳喳地吵闹。看样子,玛纽莎马上会进来,伸出一只胳膊搂着他的脖子,告诉他说马儿或者敞篷马车已经等在门口,问他她应该穿什么衣服才不致挨冻。春天开始了,跟去年春天一样美妙,应许了同样的欢乐……可是尼基京却在想:现在请个假,到莫斯科去,到涅林诺伊他的旧居去住下来才好。在隔壁房间,他们在喝咖啡,谈着波利扬斯基上尉。他极力不去听他们的话,在自己的日记本

---

① 照理这时候天气还冷,雪没化,应当赶雪橇才对。

上写着:"我的上帝,我是在什么地方啊?我给庸俗,庸俗,团团围住了。乏味而渺小的人、一罐罐的酸奶油、一坛坛的牛奶、蟑螂、蠢女人……再也没有比庸俗更可怕、更使人屈辱、更使人愁闷的东西了。我得从这儿逃掉,我今天就得逃,要不然我就要发疯了!"

多余的人

六月间一天傍晚,六点多钟。一群别墅的住客刚从火车上下来,走出小火车站希尔科沃,慢腾腾地往别墅区走去。他们大多数是一家之长,携带着小蒲包、皮包、女人的帽盒等。大家都神色疲劳,饥肠辘辘,心里有气,好像太阳不是为他们照耀,青草也不是为他们发绿似的。

巴威尔·玛特威耶维奇·扎依金也夹在那群人当中慢腾腾地走着。他是地方法院的法官,高身量,背有点驼,穿着价钱便宜的麻布外套,褪色的帽子上钉着帽徽。他不住出汗,脸色发红,闷闷不乐。

"请问您每天都坐火车到别墅来吗?"一个穿着褪了色而发红的长裤的别墅住客对他说。

"不,不是每天,"扎依金阴沉地回答说,"我的妻子和儿子在这儿常住,我每星期坐车来两次。我没有工夫每天回来,再者那也太破费了。"

"这话不错,那样做太破费,"红裤子说,叹口气,"在城里,人总不能步行到火车站,得雇出租马车,其次,火车票要花四十二戈比……在路上总要买张报纸看一看,酒瘾来了还要喝上一盅。这些都是小开支,一星半点,可是你也别小看它:一个夏天算起来就是二百卢布啊。当然,大自然的怀抱比这更宝贵,这我不来争论……无非是田园之乐等等的,不过要知道,就我们文官的薪俸来说,您也明白,花每个小钱都得打一下算盘呢。不小心胡花了一个小钱,事后就会通宵睡不着觉。……是啊。……我,先生,还没请教尊姓大名,我一年挣将近两千,是个五等文官,可是我吸二等烟草,大夫嘱咐我喝维希①矿泉水治胆石症,可是我身边连一个多余的卢布也没有。"

"总之,糟得很,"扎依金沉默了一会儿,说,"我,先生,有这样的看法:别墅生活是魔鬼和女人想出来的花样。魔鬼干这种事是出于恶毒,女人呢,出于极端的轻浮。求上帝怜恤吧,这不是生活,而是苦役,地狱!眼下又闷又热,呼吸都困难,可是你从这个地方奔波到那个地方,像个游魂似的,怎么也找不着一个安身之处。那边,城里,家具也没有,仆人也没有……一切都运到别墅来了……鬼才知道吃的是什么,茶也喝不上,因为没有人烧茶炊,就连洗个脸都办不到。至于来到这儿,来到大自然的怀抱里,那就对不起,请您在尘土里,在炎热的天气下一步步走吧。……呸!您成家了吧?"

"是的,先生。……有三个孩子。"红裤子叹道。

---

① 法国的城名。

妻　子　集

"总之,糟得很。……我们居然还活在人世,说起来倒叫人奇怪了。"

最后,这两个别墅住客走到了别墅区。扎依金跟红裤子分手,往自己的别墅走去。他正赶上家里死一般地寂静。他只听见蚊子的嗡嗡声,一只苍蝇注定要成为蜘蛛的饭食了,正发出求救声。窗上挂着薄纱的窗帘,隔着窗帘可以看见天竺葵的凋谢的红花。木墙没油漆过,有些苍蝇在彩色画片旁边打盹儿。前堂里,厨房里,饭厅里,连个人影也没有。在那个既叫客厅又叫大厅的房间里,扎依金碰见他的儿子彼佳,一个六岁的小男孩。彼佳靠桌子坐着,大声喘气,努出下嘴唇,正用剪刀剪红方块纸牌上的武士。

"哦,是你,爸爸!"他说,没有扭过脸来,"你好!"

"你好。……妈妈在哪儿?"

"妈妈? 她跟奥尔迦·基利洛芙娜一块儿出外排戏去了。后天她们公演。她们还会带着我去看呢。……你去吗?"

"哼!……那么她什么时候回来?"

"她说傍晚回来。"

"娜达丽雅在哪儿?"

"妈妈把娜达丽雅带走了,要她在排演的时候帮妈妈化装。阿库莉娜到树林里采蘑菇去了。爸爸,为什么蚊子叮了人,它的肚子就红了?"

"不知道。……因为它们吸了血。那么家里一个人也没有?"

"没人。只有我一人在家。"

扎依金在圈椅上坐下,呆呆地望一阵窗口。

"那么谁给我们做饭呢?"他问。

"今天不做饭,爸爸! 妈妈当是你今天不回来,没吩咐做饭。她跟奥尔迦·基利洛芙娜在排戏的地方吃饭。"

"多谢多谢。那你吃什么呢?"

"我喝牛奶。她们给我买了六戈比的牛奶。爸爸,蚊子为什么吸血呢?"

麦 子 集

扎依金忽然感到有个什么沉甸甸的东西滚到他肝脏那儿,开始吸它的血。他觉得那么烦恼,委屈,痛心,不由得呼吸费力,浑身发抖。他恨不得跳起来,拿起什么重东西砸在地板上,大骂一通,可是这时候他想起医生严格禁止他激动,就站起来,按捺住怒火,开始用口哨吹《法国清教徒》①的曲调。

"爸爸,你会演戏吗?"他听见彼佳的说话声。

"哎,别拿这些愚蠢的问题纠缠我!"扎依金说,生气了,"讨厌,缠住人不放!你已经六岁了,可你还是跟三年前那么蠢。……愚蠢的、没管教的顽皮孩子!你,比方说,为什么把这些纸牌毁掉?你怎么敢毁纸牌?"

"这些纸牌不是你的,"彼佳转过脸来说,"这是娜达丽雅给我的。"

"胡说!你胡说,没出息的顽皮孩子!"扎依金越

---

① 德国作曲家梅耶贝尔(1791—1864)在1836年创作的五幕歌剧。——俄文本编者注

来越冒火,"你老是胡说！该拿鞭子抽你一顿才是,这头小猪！我要把你的耳朵拧下来！"

彼佳跳起来,伸长脖子,定睛瞧着他父亲气冲冲的红脸膛。他的大眼睛起初不住地眨巴,后来蒙上了泪水。孩子的脸变相了。

"你干吗骂我?"彼佳尖叫道,"你为什么跟我过不去,傻瓜？我又没招惹谁,又没淘气,我挺听话,可是你……生气了！是啊,你凭什么骂我?"

男孩讲得振振有词,哭得那么伤心,扎依金觉得难为情了。

"真的,我何必跟他为难呢?"他暗想。

"好了,别哭了……别哭了,"他说,碰碰孩子的肩膀,"我不对,彼佳……请你原谅。你是我的乖孩子,好孩子,我喜欢你。"

彼佳用袖口擦干眼泪,叹口气,在原来的地方坐下,开始剪纸牌上的皇后。扎依金走到书房里去了。他在长沙发上直挺挺地躺下,把两只手枕在头底下,沉思不语。男孩刚才淌下的泪水缓和了他的愤怒,他的肝火渐渐平息。他只感到疲劳和饥饿。

"爸爸!"扎依金听见门外有说话声,"要不要把我搜集的昆虫拿给你看?"

"拿给我看吧!"

彼佳走进书房来,递给父亲一个绿色的小长盒子。扎依金还没把它举到耳朵旁边,就听见盒子里有绝望的嗡嗡声和爪子搔盒边的沙沙声。他揭开盒盖,看见许多蝴蝶、甲虫、蟋蟀、苍蝇用大头针给扎在盒底上。所有的虫子,除了两三只蝴蝶以外,都还活着,在动弹。

"这只蟋蟀还活着呢!"彼佳惊讶地说,"它是昨天早晨给捉住的,直到现在还没死!"

"是谁教你把虫子扎在盒子上的?"扎依金问。

"奥尔迦·基利洛芙娜。"

"应该把奥尔迦·基利洛芙娜自己照这样扎死才对!"扎依金厌恶地说,"你把它拿走!虐待动物是可耻的!"

"上帝啊,他受到多么糟糕的教育。"他在彼佳走后暗想。

巴威尔·玛特威耶维奇已经忘记疲劳和饥饿,专心想着孩子的命运了。这当儿,窗外白昼的亮光渐渐暗下去。……可以听见别墅的住客们傍晚洗完澡,成群结队地回来了。不知什么人在饭厅那敞开的窗子外面站住,喊道:"要蘑菇吗?"他喊完,没有听见回答,就迈着光脚啪嗒啪嗒地走开了。……可是后来暮色越发浓重,薄纱窗帘外面的天竺葵已经看不清轮廓,傍晚的清爽空气开始涌进窗口来,这时候前堂的门砰的一声开了,传来急促的脚步声和谈笑声。……

"妈妈!"彼佳尖叫道。

扎依金从书房里往外看,瞧见了他的妻子娜杰日达·斯捷潘诺芙娜,身体健康,脸色红润,跟平时一样。……跟她一起来的是奥尔迦·基利洛芙娜,一个干瘪的金发女人,脸上长着很大的雀斑。另外还有两个不认识的男人,一个年轻,高身量,生着棕红色鬈发和很大的喉核,另一个身材矮壮,脸像演员一样刮得很光,歪着铁青色的下巴。

"娜达丽雅,烧茶炊!"娜杰日达·斯捷潘诺芙娜嚷道,衣服沙沙地响,"听说巴威尔·玛特威耶维奇回来了!巴威尔,你在哪儿啊?你好,巴威尔!"她说着,跑进书房里来,呼呼地喘气,"你回来了?很高兴。……我们的两个业余演员跟我一块儿来了……我们走出去,我给你介绍一下。……喏,那个高一点的是柯罗梅斯洛夫……唱得好极了。另一个矮一点的……姓斯美尔卡洛夫,是个真正的演员……朗诵得很精彩。哎呀,我好累啊!刚才我们排戏来着。……排得可好呢!我们要演《有长号的房客》①和《她等他》②。……后天就上演。……"

"你带他们回来干什么?"扎依金问。

---

① 由俄国作家 C.包依科夫改编的一个法国轻松喜剧。——俄文本编者注
② 一个法国轻松喜剧。——俄文本编者注

"不能不这样呀,我的心肝!喝完茶以后我们得背一背台词,唱一下。……我是跟柯罗梅斯洛夫合唱的。……对了,差点忘了!你,亲爱的,打发娜达丽雅去买沙丁鱼、白酒、干酪,另外再买点什么别的吧。他们多半要在这儿吃晚饭。……哎呀,我好累啊!"

"哼!……我没有钱!"

"那可不行,我的心肝!那不合适!别害得我脸红啊!"

过了半个钟头,娜达丽雅奉命去买白酒和冷荤菜。扎依金喝完茶,吃完整整一个法国面包,就走到寝室去,在床上躺下。娜杰日达·斯捷潘诺芙娜和她的客人们又说又笑,着手背台词。巴威尔·玛特威耶维奇久久地听见柯罗梅斯洛夫用鼻音念台词,斯美尔卡洛夫用演员腔大呼小喊。……念完台词,接着就是长久的谈话,中间夹杂着奥尔迦·基利洛芙娜尖得刺耳的笑声。斯美尔卡洛夫凭真正的演员资格,用自负而激昂的口气解释台词。……

妻 子 集

随后是合唱,合唱后就是盘盏的叮当声。……扎依金在睡梦中听见他们怂恿斯美尔卡洛夫朗诵《女罪人》[1],听见他假意推让一阵后开始朗诵。他压低了喉咙念,不住捶自己的胸口,痛哭,用沙哑的男低音扬声大笑。……扎依金皱起眉头,拉过被子来蒙住头。

"你们得走很远的路,天又黑,"过了一个钟头光景,他听见娜杰日达·斯捷潘诺芙娜的说话声,"你们何不就在我们这儿过夜呢?柯罗梅斯洛夫就在这儿,客厅里,这张长沙发上睡下,您,斯美尔卡洛夫呢,睡在彼佳的床上好了。……彼佳可以安置在我丈夫的书房里。……真的,你们就住下吧!"

最后,时钟敲了两下,一切才安静下来。……寝室的门开了,娜杰日达·斯捷潘诺芙娜出现了。

"巴威尔,你睡着了?"她小声说。

"没有。怎么了?"

---

[1] 俄国诗人和剧作家 A. K. 托尔斯泰(1817—1875)的一首长诗。——俄文本编者注

"你,亲爱的,到书房里去,在长沙发上睡吧。这儿,你的床,我让奥尔迦·基利洛芙娜睡了。去吧,好人!我原想把她安置在书房里,可是她不敢一个人睡。……你就起来吧!"

扎依金坐起来,披上家常长袍,拿着枕头,慢腾腾地往书房走去。……他摸黑走到长沙发跟前,点燃火柴,却看见长沙发上躺着彼佳。男孩没有睡着,睁大眼睛瞧着火柴。

"爸爸,为什么蚊子夜里不睡觉?"他问。

"因为……因为,"扎依金喃喃地说,"因为我和你在这儿是多余的人。……连睡觉的地方都没有!"

"爸爸,奥尔迦·基利洛芙娜的脸上为什么有雀斑呢?"

"哎,别问了!你惹得我厌烦了!"

扎依金想了一会儿,就穿上衣服,到街上去透一透新鲜空气。……他瞧着清晨的灰白色天空,瞧着呆呆不动的浮云,听着长脚秧鸡懒洋洋地鸣叫,开始幻想明天他进城去,在法院里下了班,回到家去睡一大觉。……忽然,街角上出现一个人影。

"一定是守夜人……"扎依金暗想。

可是他走近点,仔细一看,才认出这个人就是他昨天碰到的穿红褐色裤子的别墅住客。

"您没睡觉?"他问。

"是啊,不知怎么睡不着……"红裤子叹道,"我在欣赏大自然。……我家里,您知道,来了贵客,是坐夜班火车来的……那是我的岳母。跟她一块儿来的还有我的侄女们……都是些挺好的姑娘。我非常高兴,不过……天气很潮湿!您也是来欣赏大自然吧?"

"是的,"扎依金支吾道,"我也来欣赏。……不过,您可知道,附近有什么酒店或者饭馆?"

红裤子就抬起眼睛望着天空,陷入了沉思。……

一个古典中学生①的遭遇

万尼亚·奥捷彼列夫动身去参加希腊语考试之前,吻遍所有的圣像。他肚子里仿佛有个什么东西滚动不停,心口底下一阵阵发凉,心怦怦地跳,想到前途吉凶未卜害怕得心都缩紧了。今天他会得到什么结果呢?三分还是两分?他大约有六次跑到妈妈跟前去求她祝福,临走还求他姑母替他祷告。他到中学去的路上,给一个乞丐两戈比,指望着这两戈比能弥补他功课

---

① 旧俄时代设有古典中学,主要的课程是学习古希腊语或古拉丁语。

的荒疏,指望着上帝保佑,不致叫他碰上"四十"和"十八"①这类数词。

他从中学回来很迟,已经是四点多钟。他回到家里,不声不响地躺下。他那张瘦脸颜色苍白。他的眼睛发红,四周有黑圈。

"喂,怎么着?怎么样了?得了几分?"妈妈走到床跟前来,问道。

万尼亚开始眨巴眼睛,嘴往两边撇,哭起来。妈妈脸色变白,张大嘴,把两只手合在一起。她原在缝补一条小裤子,那条小裤子从她手里掉下地了。

"你哭什么?这么一说,你没考及格?"她问。

"我……我考砸了。……得两分。……"

"我早就知道会这样!我早就有这个兆头,"妈妈讲起来,"唉,主啊!可是你怎么会没及格呢?为什么?是哪门功课?"

---

① 在希腊语里,这两个数词都有很多的字母,不容易记住。

"是希腊语。……我,妈妈……老师问我 phero^① 的将来式是什么,我……我应该说 oisomai,却说了个 opsomai。还有……还有……要是最后一个音节的元音是长音,这个字就没有重音,可是我……我心里一慌……忘记这个字里的 alpha 是长音,就冒冒失失给它加上重音了。后来,阿尔达克塞尔克索夫叫我举出无重音词的语气词。……我就背那个表,可是一不小心夹进一个代词去。……我记错了。……他就批了我两分。……我……我真不幸啊。……我用功了一夜。……整整这个星期,我都是一大早四点钟就起床。……"

"不对,不幸的不是你,而是我,可恶的孩子!我才让你害苦了!你把我累成了皮包骨,你这混世魔王,害人精,我的孽障!我为你,为这个没出息的废物,花那么多钱,累弯了腰,受尽煎熬,可以说是活受罪,可

---

① 希腊语:(我)带着。

是你哪儿放在心上呢?你是怎么念书的?"

"我……我真用功温课的。我一夜没睡。……您自己也看见的。……"

"我祷告过上帝,求他让我死掉,可是他又不叫我死,我这个罪人。……你呢,害人精!别人家的孩子都像个孩子,我只有你这么一根独苗儿,偏偏你一点也不知道好歹,一点出息也没有。打你一顿吗?我倒是想打,可是我哪有力气?圣母,我哪有力气啊?"

妈妈撩起短上衣的下摆蒙上脸,放声痛哭。万尼亚痛苦得不住扭动身子,把额头抵住墙。他的姑妈走进来了。

"得,你瞧瞧。……我早就有兆头了……"她一下子就猜到出了什么问题,脸色发白,两只手一拍,开口说道,"我一个上午心里发愁。……我心想:得,要出祸事了。……果然闹出乱子来了。……"

"捣蛋鬼,害人精!"妈妈说。

"可是你骂他干什么?"姑妈对妈妈发脾气说,烦躁地扯掉她头上的咖啡色头巾,"难道这能怪他?该怪你!你!是啊,你何必把他送到这个中学里去念书?你算哪门子贵族?你们想当贵族吗?啊啊。……可不是,没错儿,人家准会叫你们当上贵族呢!我早就说过,应该把他送去学做买卖才是……把他送到账房里去,像我的库齐亚那样。……瞧,库齐亚一年挣五百。五百是闹着玩的吗?如今你折磨自己不算,又拿那种学问折磨小孩子,该死的学问。他瘦棱棱的,老是咳嗽……你看看:他已经十三岁,可是他的模样倒像是十岁的孩子。"

"不,娜斯坚卡,不,亲爱的!他欠揍,害人精!得打他一顿才成,就是这样!哼哼……这个小滑头,邪教徒,害人精!"她抡起拳头来要打儿子,"应该揍你一顿才是,可是我又没有力气。早先他还小的时候,人家就常对我说:'你得打他,你得打他。'我没听,我这个罪人。现在我就受苦了。你等着就是!我要揭你的皮!你等着。……"

妻子集

妈妈举起湿漉漉的拳头吓唬他,然后哭着往房客的房间里走去。她的房客叶甫契希·库兹米奇·库波罗索夫靠桌子坐着,在读一本《跳舞自修课本》。叶甫契希·库兹米奇是个聪明人,受过教育。他说话瓮声瓮气,洗脸用肥皂,肥皂却有那么一股气味,弄得房子里的人一闻到就无不打喷嚏。他在斋期照旧吃荤,正物色受过教育的姑娘做妻子,因而人们认为他是最聪明的房客。他唱男高音。

"先生!"妈妈流着眼泪对他说,"求您行行好,把我的孩子打一顿。……请您费心吧!他没考及格,我那个愁死人的孩子!您再也不会相信,他考试没及格!我身子虚弱,没法惩治他。……您替我把他打一顿吧,求您行行好,帮帮我,叶甫契希·库兹米奇!您给我这有病的女人一点面子吧!"

库波罗索夫皱起眉头,瓮声瓮气地长叹一声。他沉吟一下,用手指头敲着桌面,然后又叹口气,往万尼亚那边走去。

"您,可以说,正在求学!"他开口说,"您在受教育,走上高升的道路,可恶的年轻人! 您为什么这样?"

他说了很久,发表一大篇演说。他提到科学,提到光明和黑暗。

"嗯,是啊,年轻人!"

他讲完,从身上解下皮带来,拉住万尼亚的手。

"对待您不能不这样!"他说。

万尼亚乖乖地弯下腰,把头塞到对方的两个膝盖中间去。他那对竖起的粉红色大耳朵在滚着棕色镶条的新花呢裤子上蹭来蹭去。……

万尼亚一声也没吭。当天傍晚,家庭会议做出决定,打发他去学做买卖。

厨 娘 出 嫁

格利沙是个七岁的小胖子,正在厨房门口站着偷听,凑着钥匙眼往里看。厨房里发生了一件依他看来颇不平常,而且以前从没见过的事情。厨房里那张桌子平素是用来切葱剁肉的,这时候桌旁却坐着个魁梧结实的乡下人,头发棕红色,留着大胡子,身穿出租马车车夫所穿的长襟外衣,鼻子上冒出一颗大汗珠。他用右手的五个手指托着茶碟,正在喝茶,同时把糖块咬得那么响,弄得格利沙背上直起鸡皮疙瘩。老保姆阿克辛尼雅·斯捷潘诺芙娜在他对面一只肮脏的凳子上坐着,也在喝茶。保姆面容严肃,同时又露出一种得意的样子。厨娘彼拉盖雅在炉子旁边忙这忙那,分明极力要把脸藏起来。可是格利沙看见她脸上大放光彩:那张脸像是起了火,变换着各种颜色,起初是紫红,最后却转成死灰了。她一刻也不停地伸出颤抖的手去拿刀子,拿叉子,拿柴火,拿抹布,身子转来转去,嘴里嘟嘟哝哝,弄得东西乒乓地响,可是实际上,她什么事也没做。人家在桌旁喝茶,她对那张桌子却一眼也不看。保姆问她话,她总是头也不回,说出一句简短的、没好气的答话。

"喝吧,丹尼洛·谢敏内奇!"保姆招待马车夫说,"可是您为什么总是喝茶,不碰别的? 您该喝点白酒嘛!"

保姆就把一小瓶白酒和一个酒杯推到客人面前,同时脸上现出极其狡猾的神情。

"我素来不喝酒……不……"马车夫推辞说,"您不要逼我了,阿克辛尼雅·斯捷潘诺芙娜。"

妻 子 集

"您这个人是怎么回事。……当马车夫的,却不喝酒。……单身汉不会不喝酒。您喝吧!"

马车夫斜着眼睛看了看白酒,然后看了看保姆狡猾的脸,他自己的脸上就也现出同样狡猾的神情,仿佛说:"不,我不会上你的当,老巫婆!"

"我不喝,您免了吧。……干我们这一行的可不能沾上这玩意儿。耍手艺的人可以喝酒,因为他坐在一个地方不动,可我们这班人老是夹在人群里,谁都看得见。不是这样吗?你走进酒店里,外头的马可就走丢了。要是喝多酒,那就更糟:一转眼就睡着了,再不然就从车座上摔下来。事情就是这样。"

"那么您一天能挣多少钱,丹尼洛·谢敏内奇?"

"那要看情形。有的日子能挣上一张绿票子[1],有的日子一个小钱也没挣着就把车赶回大车店。挣多少,那可说不准。如今这年月,我们这个行当简直没什

---

[1] 旧俄时代的三卢布钞票。

么干头了。赶马车的,您知道,多得数不清,草料还挺贵,坐车的又小气,老是打算去坐公共马车。不过话说回来,谢天谢地,我没有什么可抱怨的。我吃得饱,穿得暖……甚至还能让另一个人过上幸福的日子,"马车夫斜起眼睛看了看彼拉盖雅,"……要是我有了中意的人的话。"

他们后来还说了些什么,格利沙没有听见。他的妈妈走到门边来,打发他到儿童室里去温习功课了。

"去念书。用不着你在这儿听!"

格利沙回到儿童室里,把《祖国语言》[①]放在面前,可是读不下去。刚才看到和听到的种种事情,在他的头脑里引起一大堆问题。

"厨娘要结婚了……"他想,"奇怪。我不明白人为什么要结婚。妈妈嫁给爸爸,表姐薇罗琪卡嫁给巴威尔·安德烈伊奇。不过,嫁给爸爸和巴威尔·安德

---

① 旧俄学校里的俄语课本。

烈伊奇倒还情有可原:他们毕竟有金表链和讲究的衣服,他们的皮靴也老是擦得挺亮,可是嫁给那个可怕的马车夫,生着红鼻子,穿着毡靴……呸!而且保姆为什么一定要可怜的彼拉盖雅嫁出去呢?"

等到客人从厨房里走掉,彼拉盖雅就到正房里来,动手打扫。她仍然很激动。她脸色通红,仿佛吓坏了似的。她手里的扫帚几乎没碰到地板,每个墙角都扫了五次。她很久都没有从妈妈坐着的房间里走出去。她分明不愿意一个人待着,想说说话,跟别人谈一下她的印象,把心里的话都讲出来。

"他走了!"她看见妈妈没有开口讲话,就嘟哝说。

"看得出来,他是个好人,"妈妈说,眼睛没有离开针线活,"他不喝酒,挺稳重。"

"说真的,太太,我不嫁给他!"彼拉盖雅忽然叫道,满脸通红。"真的,我不嫁给他!"

"你不要胡闹,你也不是小孩子了。这是终身大事,得好好想一想,不能马马虎虎,这么嚷叫是没好处的。你喜欢他吗?"

"您想到哪儿去了,太太!"彼拉盖雅害臊地说,"大家净说些那样的话,闹得我……真的……"

"她应该说她不喜欢他!"格利沙暗想。

"可是你这人也真爱装腔作势。……你喜欢他吗?"

"可是,太太,他年纪大!唉!"

"哪儿的话!"保姆在隔壁房间里顶撞彼拉盖雅一句,"他四十岁还不到。再者你要年轻的干什么?傻娘们儿,脸蛋子好不顶事。……你嫁给他就是,保管没错儿!"

"真的,我不嫁给他!"彼拉盖雅尖声叫道。

"你这是胡闹!你还要找什么样的鬼东西呢?换了别人,早就对他跪下了,可是你还说什么不嫁给他!你就喜欢跟那些邮递员和家庭教师挤眉弄眼!我们的家庭教师来给格利沙温课的时候,太太,她老是对他送媚眼。哼,不要脸的东西!"

"你以前见过这个丹尼洛吗?"太太问彼拉盖

雅说。

"我哪儿见过他？今天我是头一次见着他。阿克辛尼雅不知从什么地方把他带来了……该死的魔鬼。……他不知从哪儿跑到这儿来,缠住了我!"

开饭的时候,彼拉盖雅把菜端上来,吃饭的人都端详她的脸,拿那个马车夫跟她开玩笑。她的脸红极了,不自然地味味笑着。

"结婚一定是丢脸的事……"格利沙想,"丢脸极了!"

所有的菜都做得太咸,没烤熟的童子鸡渗出血来。不仅如此,在这顿饭当中,碟子和刀子不住地从彼拉盖雅的手里掉下地,就像从散了的架子上掉下来一样。可是谁也没对她说一句责怪的话,因为大家都了解她的心情。只有一次,爸爸怒冲冲地扔掉餐巾,对妈妈说:

"你何必叫大家去娶亲和出嫁! 这种事跟你什么相干? 要是他们想结婚,就让他们自己去结好了!"

饭后,四邻的厨娘和使女纷纷在厨房里露面,叽叽喳喳一直谈到夜深。究竟她们是从哪儿探听到这儿在做媒的,只有上帝知道。格利沙半夜醒来,听见保姆和厨娘在儿童室里的帷幔后面叽叽咕咕说话。保姆不住劝说,厨娘时而发出呜咽声,时而哧哧地笑。这以后格利沙睡着了,梦见彼拉盖雅被黑海魔王和一个巫婆掳去了。……

第二天,风平浪静了。厨房的生活走上原来的轨道,仿佛世界上根本就没有那个马车夫似的。只有保姆偶尔戴上新头巾,做出庄重严厉的脸色,出外一两个钟头,大概是到什么地方去办交涉。……彼拉盖雅跟马车夫没有再见面,每逢人家对她提到他,她就涨红了脸,嚷道:

"叫他遭到三次诅咒才好,倒好像我会想他似的!呸!"

有一天傍晚,彼拉盖雅和保姆正在专心地剪裁一件什么衣服,妈妈走进去,说:

"你,当然,可以嫁给他,这是你的事,不过,你要知道,他不能在这儿住。……你知道,我不喜欢厨房里有外人坐着。……你要注意,要记住。……而且我也不许你在外面过夜。"

"上帝才知道您想到哪儿去了,太太!"彼拉盖雅尖声叫道,"您干吗总是提起他来数落我?叫他害上瘟病才好!他专给我找麻烦,该死的。……"

一个星期日早晨,格利沙往厨房里看一眼,惊讶得呆住了。厨房里挤满了人。这儿有同院各户人家的厨娘,有一个扫院子的男仆,有两个警察,有一个戴袖章的军士,还有个叫菲尔卡的男孩。……这个菲尔卡平日总是在洗衣作坊附近转悠,跟狗一块儿玩,可是现在他的头发梳得挺整齐,脸也洗得挺干净,手里拿着一个圣像,上面镶嵌着金箔。彼拉盖雅站在厨房中央,穿着新的花布衣服,头上戴着花。马车夫跟她并排站着。新夫妇脸色通红,冒着汗,使劲眨巴眼睛。

"嗯……看样子,到时候了……"经过长久的沉默后,军士开口说。

彼拉盖雅整个脸都颤动起来,放声大哭。……军士从桌上拿过一块大面包来,跟保姆站在一起,开始为新婚夫妇祝福。马车夫走到军士跟前,双膝跪倒,吧的一声吻一下军士的手。他在阿克辛尼雅面前也照样做了一番。彼拉盖雅心不在焉地学着他的样子,也跪下。最后外边的房门开了,厨房里吹进一股白色的迷雾,所有的人叽叽喳喳地从厨房走到院子里。

"可怜啊,可怜!"格利沙倾听厨娘的痛哭声,暗想,"他们要把她带到哪儿去呢?为什么爸爸和妈妈不来给她撑腰呢?"

婚礼行完,人们在洗衣室里不住地唱歌,拉手风琴,直闹到夜深。妈妈一直生闷气,因为保姆嘴里有酒气,而且由于举行婚礼,就没有人烧茶炊了。格利沙躺下睡觉的时候,彼拉盖雅还没有回来。

"可怜啊,现在她不知在什么地方,躲在黑暗里哭呢!"他暗想,"那个马车夫一定在对她吆喝:'不许哭!

不许哭!'"

第二天早晨,厨娘又在厨房里了。马车夫来了一会儿。他向妈妈道了谢,严厉地瞧着彼拉盖雅,说:

"求您管教她,太太。您就做她的生身父母吧。还有您,阿克辛尼雅·斯捷潘诺芙娜,也别不管,要照看她,叫她处处走正道……不要胡闹。……还有一件事,太太,请您从她工钱里支给我五卢布。我要买个新的套包子。"

这在格利沙看来又是一个问题:彼拉盖雅本来自由自在地活着,要怎么样就怎么样,别人谁也管不着,可是,忽然间,平白无故,出来一个陌生人,这个人不知怎么搞的,居然有权管束她的行动,支配她的财产!格利沙感到难过。他急得眼泪汪汪,巴不得安慰她,同她亲热一下,因为他觉得她已经成为人类暴力的受害者了。他就到堆房去拣一个最大的苹果,偷偷溜到厨房里,把那个苹果塞在彼拉盖雅手里,然后一溜烟跑出来了。

大斋①的前夜

"巴威尔·瓦西里伊奇!"彼拉盖雅·伊凡诺芙娜叫醒她的丈夫,"巴威尔·瓦西里伊奇!你去帮斯捷巴温一温功课吧,他坐在那儿对着书本哭呢!他又有什么地方弄不懂了!"

巴威尔·瓦西里伊奇坐起来,一面打哈欠,一面在嘴上画十字,柔声说:

"我就去,宝贝儿!"

---

① 指基督教复活节前的四十天斋期。

妻　子　集

一只本来睡在他身旁的猫,也立起来,伸直尾巴,拱起背脊,眯细眼睛。四下里静悄悄的。……可以听见老鼠在壁纸里边跑来跑去。巴威尔·瓦西里伊奇穿上皮靴和睡衣,半睡半醒,没精打采,皱起眉头,从卧房走进饭厅。他一走进去,另一只在窗台上嗅一碟鱼冻的猫就跳下地,藏到柜子后面去了。

"谁叫你嗅这碟菜!"他生气地说,拿一张报纸把鱼冻盖上,"你干这种事只配叫作猪,不配叫作猫。……"

饭厅里有一道门通到儿童室。儿童室里,一张布满污斑和深深的刀痕的桌子旁边,坐着中学二年级学生斯捷巴,脸上带着耍脾气的神情,眼睛泪汪汪的。他把膝盖差不多一直顶到下巴上,两只手搂住膝头,身子摇摇晃晃,活像一个中国的不倒翁。他生气地瞧着一本算术习题集。

"你在温课吗?"巴威尔·瓦西里伊奇问道,挨着桌子坐下,连连打着哈欠,"对了,我的孩子。……玩也玩了,睡也睡了,薄饼也吃过了,明天可就要吃斋、忏悔、干活儿了。每段时间都有每段时间的界限。你的眼睛怎么泪汪汪的?背书背不下去了?大概吃完薄饼就容不下学问了吧?就是这么回事。"

"你干吗拿孩子开心啊?"彼拉盖雅在另一个房间里叫道,"你与其拿他开心,还不如指点指点他的好!要不然他明天就又要得一分,愁死我了!"

"你什么地方不懂?"巴威尔·瓦西里伊奇问斯捷巴说。

"喏……分数除法!"男孩气冲冲地回答说,"分数除分数。……"

"哼……怪孩子!这算得了什么?这不用费什么脑筋。把规则记住就行了。……要用分数除分数,就得用第二个分数的分母乘第一个分数的分子,那就是商数的分子。……好,然后头一个分数的分母……"

"这个不用您说我也知道!"斯捷巴打断他的话,用手指弹掉桌子上一个核桃壳,"您给我做一个例题看!"

"例题?好,拿铅笔来。听着。比方说,我们要拿五分之二来除八分之七。好。这儿的问题,我的孩子,就在于要把这两个分数除一下。……茶炊烧好了吗?"

"我不知道。"

"已经到喝茶的时候。……七点多了。……好,现在你听着。我们来这么推论吧。比方我们不是用五分之二而是用二来除八分之七,那就是只用分子除。我们来除一下。这得出什么数呢?"

"十六分之七。"

"对。挺棒嘛。好,那么问题,我的孩子,就在于我们……那么,如果我们用二除,那就……慢着,我自己也乱了。我记得我们那个中学校里,算术教师是西吉兹孟德·乌尔巴内奇,是个波兰人。这位老师往往每堂课都讲乱。他开头论证一条定理,随后就讲乱,脸涨得发紫,在教室里跑来跑去,仿佛有人用锥子刺他的脊梁骨似的,然后擤上五回鼻子,哭起来了。不过我们,你知道,倒是宽宏大量的,假装没有看出来。我们问:'您怎么了,西吉兹孟德·乌尔巴内奇?您牙痛吗?'你想想看,这班学生活像一伙强盗,一伙天不怕地不怕的家伙,可是,他们其实倒是宽宏大量的呢!在我们那年月,像你这么矮小的学生可没有,都是些大高个子,愣小子,一个比一个高。比方说,我们学校三年级有个姓玛玛兴的。上帝啊,好一个大个子!你要知道,这个大汉足有一俄丈①高,走起路来地板都颤摇,一拳打在你背上,准叫你一命呜呼!不但我们怕他,就连教师们也怕他。于是这个玛玛兴就常常……"

门外传来彼拉盖雅·伊凡诺芙娜的脚步声,巴威尔·瓦西里伊奇往房门那边挤一挤眼,小声说:

"你母亲来了。我们做功课吧。好,那么,我的孩子。"他提高嗓门说,"这个分数得乘一下那个分数。

---

① 1俄丈等于2.134米。

好,为此就得把第一个分数的分子……"

"来喝茶!"彼拉盖雅·伊凡诺芙娜叫道。

巴威尔·瓦西里伊奇和他的儿子就丢下算术,走去喝茶。饭厅里已经坐着彼拉盖雅·伊凡诺芙娜,跟她一块儿坐着的是一个从不讲话的姑姑,另外还有一个耳聋的姑姑和老太婆玛尔科芙娜,她是个接生婆,斯捷巴就是由她接下来的。茶炊嘶嘶地响,冒出热气,在天花板上印下波浪般的大阴影。两只猫从穿堂走进来,翘起尾巴,带着睡意,露出忧郁的样子。……

"玛尔科芙娜,你喝茶加上果酱吧,"彼拉盖雅·伊凡诺芙娜对接生婆说,"明天就是大斋,今天吃个够吧!"

玛尔科芙娜舀起满满一匙子果酱,犹犹豫豫,仿佛那是炸药似的,送到嘴边,斜起眼睛看一下巴威尔·瓦西里伊奇,吃下去。她的脸上立刻泛起一种甜蜜蜜的笑容,简直有果酱那么甜。

"这果酱实在太好了,"她说,"怕是您,亲爱的彼拉盖雅·伊凡诺芙娜,亲手做的吧?"

"是我亲手做的。除了我还有谁来做呢?什么东西都是我亲手做的。斯捷巴,我给你倒的茶太淡吧?嘿,敢情你已经喝完了!拿过来,我的小天使,我再给你倒一杯。"

"那个玛玛兴啊,我的孩子。"巴威尔·瓦西里伊奇转过身对斯捷巴接着说,"受不了我们的法语教师。他嚷道:'我是贵族,我可不容许法国人来管教我!我们在一八一二年打败过法国人!'嗯,当然,他们把他打了一顿……打得好厉害哟!他呢,有时候一看见他们要打他,就跳出窗子,溜之乎也!事后他一连五六天不到学校里来。他母亲就来找校长,用基督和上帝的名义央告他:'校长先生,请您费心把我的米希卡找回来,狠狠地把这个混蛋揍一顿吧!'校长却对她说:'得了吧,太太,我们学校里五个看门人加在一起,都对付不了他一个!'"

"上帝啊,居然生下这样的强盗!"彼拉盖雅·伊凡诺芙娜小声说,带着恐怖的神情瞧着她的丈夫,"那个做母亲的太可怜了!"

随后是沉默。斯捷巴大声打哈欠,仔细打量茶壶上那个他已经看过一千次的中国人。两个姑姑和玛尔科芙娜小心地端着茶碟喝茶。空气中充满寂静和由火炉造成的闷热。……在大家的脸上和动作中,表现了人在肚子装饱以后还得吃东西的时候所常有的那种懒散和厌烦。茶炊、茶碗、桌布,都收拾走了,可是一家人仍旧围着桌子坐着。……彼拉盖雅·伊凡诺芙娜几次跳起来,脸上带着惊恐的神情跑到厨房去,对厨娘交代几句关于晚饭的话。两个姑姑照原先的姿势坐在那儿不动,把两条胳膊交叉在胸前,呆滞的眼睛瞧着灯,睡意蒙眬。玛尔科芙娜每分钟打一次嗝,而且问道:

"为什么我老是打嗝?我觉得好像也没吃什么东西……也没喝什么呀。……呃!"

巴威尔·瓦西里伊奇和斯捷巴并排坐着,头挨着头,弯下身子凑在桌子上,看一本一八七八年的《田地》①。

"《米兰维克托·伊曼纽尔三世②游廊前的列奥纳多·达·芬奇纪念像》。你瞧。……样子很像凯旋门。……这儿有一个骑士同一个女人。……那儿远处有些小人。……"

"这个小人像我们的同学尼斯库宾。"斯捷巴说。

"翻过去吧。……《普通苍蝇的喙部在显微镜下之所见》。原来喙部是这个样子啊!嘿,这苍蝇!孩子,要是把臭虫放在显微镜底下照一照,那会是什么样儿!那才难看呢!"

客厅里有一只旧钟,仿佛着了凉似的,带着嘶哑的声音咳嗽了十声,而不是敲了十下。厨娘安娜走进饭厅来,扑通一声在主人面前跪下!

---

① 1890—1918 年在彼得堡出版的一种迎合小资产阶级口味的刊物。这篇小说写于 1887 年,因此那是一本九年前的旧杂志。
② 维克托·伊曼纽尔三世(1820—1878),意大利最后一代国王。

"请您看在基督分上宽恕我,巴威尔·瓦西里伊奇!"她说着,站起来,满脸通红。

"你也看在基督分上宽恕我。"巴威尔·瓦西里伊奇冷淡地回答说。

安娜照这样依次走到这个家庭的其他成员面前,扑通跪下,请求宽恕。她只放过玛尔科芙娜一个,老太婆不是上流社会的人,因此厨娘认为不值得对她下跪。

在沉寂和安静中又过了半个钟头。……《田地》已经丢在一张长沙发上了。巴威尔·瓦西里伊奇竖起一个手指头,背诵他小时候念过的一篇拉丁语诗。斯捷巴瞧着他父亲那戴着订婚戒指的手指头,听着那些不懂的字眼,打起盹儿来,他用拳头揉眼睛,可是眼皮闭得更紧了。

"我要去睡了……"他说着,伸个懒腰,打个哈欠。

"什么!睡觉?"彼拉盖雅·伊凡诺芙娜问,"那么这最后一顿荤食怎么办呢?"

"我不想吃了。"

"你疯了?"他妈妈惊恐地说,"怎么能不吃最后一顿荤食呢?要知道,整个斋期你都吃不到荤食!"

巴威尔·瓦西里伊奇也惊恐起来。

"是啊,是啊,孩子,"他说,"你母亲要有七个星期不给你荤食吃呢。这可不行,最后一顿荤食总是得吃的。"

"哎呀,我困了!"斯捷巴耍脾气说。

"既是这样,那就赶快摆桌子开饭!"巴威尔·瓦西里伊奇不安地叫道,"安娜,你为什么坐在那儿不动,傻娘们儿?快去摆桌子开饭呀!"

彼拉盖雅·伊凡诺芙娜举起两只手来一拍,脸上带着慌张的神情跑进厨房去,仿佛家里起了火似的。

"赶快!赶快!"满屋子响起这样的说话声,"斯捷巴困了!安娜!哎呀,我的上帝,怎么回事?快点呀!"

过了五分钟,饭桌摆好了。两只猫又翘起尾巴,拱起背脊,伸着懒腰,在饭厅里会合了。……一家人开始吃晚饭。谁都不想吃,人人的肚子都装得满满的,然而还是得吃。

在受难周[①]

"去吧,教堂已经打钟了。不过要留神,别在教堂里淘气,要不然上帝会惩罚你的。"

我母亲塞给我几个铜板的零花钱,就立刻丢下我,拿着凉了的熨斗跑到厨房去了。我清楚地知道,我去忏悔以后就不可以吃喝,因此我走出家门以前,勉强吃下一大块白面包,喝下两大杯水。街上完全是春天了。马路上布满棕褐色的污泥,有些地方已经踏平,可以行

[①] 基督教节日,复活节前一个星期。

麦子集

走,一条未来的道路正开始形成。房顶和人行道倒干了。围墙底下,在去年那些已经朽烂的枯草里,生出了嫩绿的小草。水沟里奔流着泥水,发出畅快的汩汩声,冒起泡沫。阳光不嫌它肮脏,射进水里去了。碎木片啦,细干草啦,葵花子的壳啦,很快地被水带走,卷进漩涡,沾在泥污的泡沫上。那些碎木片要游到哪儿去,要游到哪儿去呢?它们很可能从水沟流进河里,从河道注进海里,从海里流入大洋。……我有心幻想一下这条漫长而可怕的旅程,然而我的幻想还没有到达海洋就中断了。

这时候来了一辆街头马车。赶车的撮着嘴唇吆喝马,拉动缰绳,却没有看见马车背后吊着两个街头的孩子。我也想加入他们一伙,可是我想起忏悔,就觉得这两个淘气的男孩是大罪人了。

"到最后审判[1]的时候,上帝会问他们:你们为什

---

[1] 指基督教传说中世界末日时神对世人的审判。

么淘气,欺负一个穷苦的马车夫?"我想,"他们就替自己辩白,可是恶魔会拉住他们,把他们送到永远燃烧的大火里去哟。不过要是他们听父母的话,给每个乞丐一个小钱或者一个面包圈,那么上帝就会怜悯他们,让他们升天堂了。"

教堂门前的台阶是干的,沉浸在阳光里。台阶上一个人也没有。我迟疑地推开门,走进教堂。我觉得这儿比任何时候都阴郁和幽暗,处在这样的幽暗里,我忽然满心感到自己有罪和渺小。首先扑进我眼帘的是一个刻着耶稣受难像的大十字架,两旁有圣母和圣徒约翰。枝形大吊灯和烛架蒙着丧服般的黑套子,小灯昏暗而胆怯地闪着亮光,太阳似乎故意走过教堂的窗子,不肯照进来。圣母和耶稣基督的爱徒都只画出侧影,他们默默地瞧着不能忍受的苦难,却没留意到我在这儿。我觉得,对他们来说,我是个局外的、多余的、微不足道的人,我既不能用话语也不能用行动对他们有所帮助,我自己是个讨厌的和不老实的淘气孩子,只会顽皮,撒野,搬弄是非。我想起我所认识的一切人,觉得他们都渺小、愚蠢、恶毒,哪怕略微减轻一点我目前看见的这种可怕的灾难也做不到。教堂里的昏暗越来越浓,也越来越阴郁,圣母和圣徒约翰依我看来显得孤孤单单。

烛台后面站着普罗科菲·伊葛纳契奇,他是个退伍的老兵,担任教会长老的助手。他拧起眉毛,摸着胡子,压低喉咙,对一个老太婆解释说:

"晨祷在今晚做过晚祷后举行。明天七点多钟打钟做祈祷。听明白没有?七点多钟。"

在右边两个大柱子中间,在伟大的殉教者瓦尔瓦拉的侧祭坛的起点,在一道屏风旁边,那些来忏悔的人排成队在等候。……米特卡也在那儿,他是个衣衫褴褛、头发剪得很难看的男孩,生着招风耳和很恶毒的小眼睛。他是守寡的女用人娜斯达霞的儿子。这个男孩好吵架,又是个强盗,从女小贩的托盘里抢走苹果,不止一次夺走我的羊拐子。他气冲冲地瞧着我,我觉得他在幸灾乐祸,因为先走到屏风后面去的不是我而是他。我心里不住冒火,极力不去看他,我心底里暗自烦恼,因为这个淘气孩子的罪马上就要得到宽恕了。

他前面站着一个衣服讲究、容貌美丽的女人,戴一顶帽子,上面插一根白色羽毛。她分明心里激动,紧张地等待着,她兴奋得半边脸泛起红晕,像是得了热病。

我等了五分钟,十分钟。……从屏风后面走出一个装束体面的年轻男子,生着又长又细的脖子,穿着橡胶的长筒雨鞋。我心里暗想,等我长大,也要买这样一双雨鞋,一定要买!那个女人打个冷战,走到屏风后面去。这时候轮到她去忏悔了。

从两道屏风中间那条缝里,我可以看见那个女人走到读经台跟前,跪下叩头,然后站起来,眼睛不看神甫,低下头等着。司祭站在那儿,背对着屏风,因此我只能看见他拳曲的白发、挂在他胸前的十字架的链子和他宽阔的后背。他的面容却看不见。他叹一口气,眼睛没看那个女人,很快地讲起来,摇头晃脑,时而提高喉咙,时而压低嗓音。女人温顺地听着,像个有罪的人,答话简短,眼睛看着地下。

"她犯的是什么罪?"我暗想,恭敬地瞅着她那张温和美丽的脸,"上帝啊,饶恕她的罪!赐给她幸福吧!"

可是这时候神甫拿过一条圣带来,盖在她头上。

"我,不称职的神甫……"他的声音传过来。……"凭上帝赐给我的权力,饶恕和赦免你的一切罪过。……"

女人跪下去叩头,吻十字架,退出来。这时候她的两边脸都发红,可是面容平静,开朗,快活。

"她现在幸福了。"我想,看一眼她,又看一眼饶恕她的罪过的神甫,"不过一个有权饶恕别人罪过的人,一定多么幸福啊。"

现在轮到米特卡了,然而我心里突然对这个强盗痛恨极了,我想比他先走到屏风后面去,我想抢先。……他看出我的动作,就用他手里的蜡烛打我的头,我也回敬他,有半分钟的工夫,只听见喘气的声音和像是谁在折断蜡烛的声音。……有人把我们拆开了。我的仇人胆怯地走到读经台跟前,没弯膝盖就跪下叩头,可是后来他怎样,我却没看见。我想到米特卡完事后马上就轮到我,我眼前的各种东西就变得模糊不清,浮动起来。米特卡的招风耳胀大,跟他那长着黑头发的后脑壳融合在一起,神甫摇摇晃晃,地板似乎起伏不定。……

神甫的声音响起来:

"我,不称职的神甫……"

这时候我走到屏风后面去了。我感觉不到脚底下有地,仿佛在凌空走路似的。……我走到比我高的读经台跟前。神甫冷淡而疲乏的脸在我眼里闪了一下,可是后来我只看得见缝着浅蓝色衬里的衣袖、十字架、读经台的边沿了。我感到神甫近在眼前,闻到他圣衣的气味,听见他严峻的声音,我那靠近他的半边脸就发起烧来。……我心里激动,有许多话没听进去,不过他问的话,我都回答得诚恳,只是我的声调变得有点古怪,不像是自己的了。我想起孤单的圣母和圣徒约翰、刻着耶稣受难像的十字架和我的母亲,不由得想哭,想请求饶恕。

"你叫什么名字?"神甫问,用那条柔软的圣带盖在我头上。

现在我心里多么轻松,多么快活啊!

罪过没有了,我变得神圣了,我有权利升天堂了!我觉得我身上也有圣衣那种气味。我从屏风后面走出来,到助祭那儿去登记姓名,用衣袖擦了擦鼻子。教堂里的昏暗好像不再阴沉,我看着米特卡也心平气和,没有恶意了。

"你叫什么名字?"助祭问道。

"费嘉。"

"你的父名呢?"

"不知道。"

"你爸爸叫什么名字?"

"伊凡·彼得罗维奇。"

"你姓什么?"

我没有开口。

"你几岁?"

"快九岁了。"

我回到家,为了不看到他们吃晚饭,就赶紧上床睡下,闭上眼睛,想象我如果在一个什么希律①或者第奥斯科耳②手里受了苦,在荒野生活,像长老谢拉菲木③那样喂熊,住在小小的修道室里,专吃圣饼,把财产散给穷人,徒步走到基辅去,那该多好啊。我听见饭厅里在摆饭桌,这是准备吃晚饭,他们就要吃到拌凉菜、白菜馅饼、煎鲈鱼了。我多么想吃啊!我情愿受各种苦,

---

① 据《圣经》传说,希律是一个残酷的犹太王。——俄文本编者注
② 古代亚历山大城的大牧首,因叛教、庇护异端邪说而被教会定罪。——俄文本编者注
③ 谢拉菲木(1760—1833),俄国萨罗夫斯基荒野的修士。19世纪俄国印行许多小册子和民间画,描写他笃信宗教的生活。——俄文本编者注

离开母亲住到荒野去,亲自喂熊,只要先给我至少吃一个白菜馅饼就行!

"上帝啊,洗清我的罪过吧。"我祷告着,盖上被子,蒙上头,"保护天使啊,保护我,叫我摆脱恶魔的引诱吧!"

第二天,星期四,我醒过来,心头开朗而纯洁,就跟晴朗的春天一样。我兴高采烈,雄赳赳地走进教堂,觉得自己是个有资格参加圣餐礼的人,觉得身上穿着漂亮而名贵的衬衫,那是用我祖母留下来的绸衣服改做的。教堂里一切东西都发散着欢乐、幸福、春天的气息。圣母和圣徒约翰的脸不像昨天那么悲伤了。那些来参加圣餐礼的人,脸上放出希望的光辉,似乎过去的事都已经被忘掉,都得到宽恕了。米特卡也梳好头发,穿着过节的衣服。我高兴地瞧着他的招风耳,为了表示对他一点反感也没有,就对他说:

"你今天挺漂亮,要是你的头发不这么竖起来,要是你穿得不这么寒碜,那么大家就不会认为你母亲是洗衣女工,而是上流太太了。到复活节,你上我家里来吧,我们一块儿玩羊拐子。"

米特卡带着不信任的神情看着我,悄悄对我摇拳头。

昨天那个女人依我看来长得很美。她穿一条浅蓝色连衣裙,胸前别着一个亮晶晶的马掌形大胸针。我羡慕她,心想等我长大,一定要娶这样一个女人,不过我又想起结婚是一件叫人害羞的事,就不再想下去,照直往唱诗班那儿走,教堂里一个诵经士已经在那儿念经了。

白 额 头

一只饥饿的母狼站起来,要出去打食。她的狼崽子,一共三头,都睡熟了,偎在一起,互相取暖。她舔了舔他们,就走了。

这时候已经是春天三月间,然而夜里树木总是冻裂,像在十二月间一样,舌头一吐出来就会冻得生疼。母狼身体弱,神经过敏,听到一丁点响声就会吓一跳,老是想着她不在家,会不会有什么东西来欺负她那些狼崽子。人的脚印和马的蹄痕的气味,树桩,堆成垛的木柴,落上畜粪的、黑暗的大道,都使她害怕。她觉得好像黑暗中树木后面站着人,树林外边什么地方有狗在吠。

她已经不年轻,嗅觉差了,因此往往错把狐狸的脚印当作狗的脚印,有的时候甚至受到嗅觉的欺骗而迷路,这在她年轻的时候是从来也没有过的。由于身体弱,她不再像从前那样追逐牛犊和大羊,见到大马带着小马也远远地绕过去。她只吃尸肉,很少有机会吃到新鲜的肉,只有春天碰到母兔,才捉几只兔崽子尝尝,或者钻进农民的畜圈,那儿有羊羔可吃。

离她的洞穴大约四俄里远,在一条驿道旁边,有一所过冬用的小屋。看守人伊格纳特住在这儿,他是个七十岁的老人,老是咳嗽,自言自语。通常,他晚上睡觉,白天拿着一管单筒猎枪在树林里溜达,见着兔子就打呼哨。他以前大概做过机械工人,因为每次他在站定以前总要喊一声:"站住,火车头!"而在往前走以前,先喊一声:"开足马力!"他有一条大黑狗,不知是什么品种,名叫阿拉普卡。每逢它在前边跑得太远,他就对它喊一声："开倒车！"偶尔他唱歌，在这种时候，他的身子摇晃得很厉害，常常跌跤（母狼总以为这是被风吹倒的），他就叫起来："出轨啦！"

母狼想起夏天和秋天在小屋附近有一头公羊和两头小母羊吃草。不久以前母狼跑过那儿，听见畜圈里好像有羊叫声。现在她一面往小屋走去，一面盘算着，这时候已经是三月，照季节来判断，圈里一定有羊羔了。她饿得难受，暗想她会多么贪馋地吞食那些羊羔啊。这样一想，她的牙齿就磕碰作响，眼睛在黑暗里闪亮，像两个火星似的。

伊格纳特的小木房子、他的堆房、畜圈、水井，都被高高的雪堆围住。那儿很安静。阿拉普卡大概睡在堆房里。

母狼顺着雪堆爬上畜圈，开始用爪子和嘴扒开草顶。草腐烂了，松散了，因此母狼差点掉下去。忽然，一股热气、一股畜粪和羊奶的气味直扑到她的脸上来。下面有一只羊羔觉得冷，娇弱地咩咩叫起来。母狼就从窟窿里跳下去,她的前爪和胸脯落在一个柔软温暖的东西上,大概是一只公羊,这时候圈里有个什么东西突然尖声叫起来,后来成了一连串尖细的吠叫声。那些羊急忙退到墙边去,母狼害怕了,随口衔住一个什么东西,蹿了出去。……

她使足了劲往前跑,这时候阿拉普卡已经发觉有狼来了,就发疯般地汪汪叫,受惊的母鸡也在小屋里咯咯地叫。伊格纳特走到门廊上,喊道:

"开足马力!拉汽笛!"

他照火车头那样呜呜地叫,然后又嚷着:"咯-咯-咯-咯!"……所有这些声音引起了树林的回声。

等到这一切逐渐静下来,母狼才略略放了心,开始发觉她用牙齿衔着在雪地上拖了一段路的俘虏比通常这个季节的羊羔要重一些,而且也好像硬一些。它的气味也两样,声音也有点古怪。……母狼就停住脚,把这东西放在雪地上,好休息一下,再开始吃它,可是她忽然嫌恶地跳开了。原来那不是一头羊羔,而是一条黑毛小狗,脑袋大,腿细长,属于大品种,他的整个额头像阿拉普卡一样呈白色。按他的神态来判断,他是一条不懂事的狗,一条普通的看家狗。他舔舔他那受伤的背脊,仿佛根本没出什么事似的挥动尾巴,朝着母狼叫起来。母狼学狗的样嗥了一声,就躲开他,跑掉了。他呢,却跟着她跑。她回过头看,磨了磨牙,他就站住,心里纳闷,后来大概断定她是在逗着他玩,就把嘴朝着小屋那个方向,发出一串清脆快活的吠声,仿佛邀他母亲阿拉普卡来跟他和那母狼一块儿玩似的。

天已经亮了。母狼回到她那茂密的白杨树林,这时候每棵小白杨都可以看得清楚,琴鸡已经醒过来,美丽的雄鸡受到小狗莽撞的跳跃和吠叫的惊扰,常常飞起来。

"为什么他跟着我跑?"母狼气恼地想,"大概他想要我吃他吧。"

她跟狼崽子住在一个不深的洞里。三年前,在一次剧烈的暴风雨中,有一棵高大的老松树给连根拔起来，因而形成了这个洞。现在洞底上铺着旧树叶和苔藓，还放着些骨头和牛角，是给狼崽子玩的。他们已经醒过来，三个长得十分相像的小东西并排站在洞边上，瞧着回来的母亲摇尾巴。小狗远远看见他们就站住，瞧了他们好半天。他发现他们也在注意地瞧他，就生气地对他们吠叫，如同见了生人一样。

天大亮了，太阳已经升起来，四下里的雪发亮，可是小狗仍旧远远地站着，汪汪叫。狼崽子吃母亲的奶，用爪子推母亲的瘦肚子，这时候母亲啃着一根又白又干的马骨头。她饿得难受，给狗叫声吵得头痛，一心想扑到那个不速之客的身上去，把它撕得粉碎。

最后小狗累了，嗓子也叫哑了。他看见人家不怕他，甚至不理睬他，就变得胆小，时而蹲着，时而跳着，走到狼崽子跟前去。如今在白昼的亮光下，就容易把他看清楚了。……他的白额头挺大，额头上鼓起一个疱，只有很笨的狗才会生这种东西。他的眼睛很小，浅蓝色，没有光彩，他的整个脸现出一副蠢相。他走到狼

崽子跟前,伸出他的大爪子,把他的头放在他的爪子上,开始叫道:

"尼亚,尼亚……呜-呜-呜!……"

狼崽子一点也听不懂,摇起尾巴来。于是小狗伸出爪子,照准一个狼崽子的大头打了一下。那个狼崽子也用爪子打他的头。小狗侧过身子去对着他,斜起眼睛瞧他,摇着尾巴,然后忽然从原地跳开,在雪地的冰层上跑了几圈。那些狼崽子就追他,他呢,仰面朝天倒下去,四条腿在空中乱蹬,他们三个就一齐扑到他身上去,高兴得尖叫,开始咬他,然而不是使劲咬,而是闹着玩。乌鸦们待在高大的松树上,低下头来看他们扭打,十分不安。他们吵吵闹闹,倒高兴得很。太阳晒得有点热,已经有春意了。雄鸡屡次飞过那棵被暴风雨掀倒的松树,在阳光下看上去像是绿松石做的。

通常,母狼总要教儿女学打食,让他们玩弄俘虏。这时候母狼看见狼崽子在雪地上追那条小狗,跟他相打,就暗想:

"让他们去学吧。"

那些狼崽子玩够了,就走进洞里去睡觉。小狗饿得叫了一阵,然后也在阳光下摊开四肢,睡了。他们一觉醒来,又玩了起来。

这一整天和整个傍晚,母狼都在回想昨天晚上圈里的羊羔怎样咩咩地叫,羊奶的气味多么香。她馋得不住地磨牙,不断地用力啃那根老骨头,把这根骨头当作羊羔。那些狼崽子在吃奶,小狗肚子饿,就在四周跑来跑去,闻地上的雪。

"我就把他吃了吧……"母狼决定。

她走到他跟前去,他呢,舔她的脸,哀声吠叫着,还以为她要跟他玩呢。在过去的岁月里,她吃过一些狗,可是这条小狗有浓重的狗臊气,她身体弱,受不住这种味儿了。她觉得厌恶,就走开了。……

将近夜晚,天凉了。小狗闷得慌,回家去了。

等到狼崽子睡熟,母狼就又出去打食。如同昨天晚上一样,她听到一点响声就心惊肉跳。那些树桩、木柴,那些漆黑的、孤零零地立在那儿、远看像活人似的一株株桧树,惹得她害怕。她跑到大路旁边去,在冰层上走。忽然,大路前面远远的地方,闪现一个乌黑的东西。……她用力看,用力听,前头确实有个什么东西在走动,甚至可以听见匀称的脚步声。莫非是一只獾?她屏住呼吸,小心地一直顺着路边走,追上那块黑斑点,回过头来一看,才认出来。原来那条白额头的小狗正在不慌不忙,一步一步走回那个小屋去。

"但愿他不再碍我的事才好。"母狼暗想,很快跑到前头去了。

不过那个小屋已经近了。她又顺着雪堆爬到畜圈上。昨天的窟窿已经用麦秸补好,圈顶上新架了两根梁木。母狼赶紧用腿和嘴活动起来,不住地回头看,怕那条小狗走来;可是热气和畜粪的气味刚刚扑到她的脸上来,她身后就响起了快活而嘹亮的吠叫声。这是小狗回来了。他跳到圈顶上来找母狼,然后掉进那个窟窿里,认出了那些羊,觉得自己到了家,四下里挺暖和,就叫得越发响了。……阿拉普卡在堆房里醒过来,闻出狼的气味,就叫起来,母鸡也咯咯地叫。等到伊格纳特拿着他那管单筒枪来到门外,吓慌的母狼已经跑得离小屋很远了。

"嗯-咦!"伊格纳特打着呼哨,"嗯-咦! 全速前进,追啊!"

他扳动枪机,枪没打响。他再扳动枪机,又没打响。他第三次扳动枪机,就有一大团火光飞出枪筒,发出震耳欲聋的砰砰两响。枪托猛烈回击他的肩膀。他一只手拿着枪,另一只手拿着斧子,去看看这闹声究竟是怎么回事。……

过一会儿他回到小屋里来了。

"出了什么事?"这天晚上有个香客在他这儿过夜,被闹声惊醒,用沙哑的声音问道。

"没什么……"伊格纳特回答说,"一件无聊的事。我们的白额头常常跟羊在一个地方睡觉,图暖和。只是他不懂得从正门进出,总是打算钻圈顶。昨天晚上,这个坏蛋就扒开圈顶出去玩了,到现在才回来,于是又把圈顶拆穿了。"

"笨狗。"

"是啊,脑子里断了一根弦嘛。这种笨东西我讨厌透了!"伊格纳特说,叹口气,爬上炉台,"得了,上帝的人啊,起床还早,加足马力睡觉吧。……"

早晨他把白额头叫来,使劲揪他的耳朵,然后用一根长棍打他,不住地说:

"走正门!走正门!走正门!"

旧　房

房东讲的故事

旧房得拆掉,好在原地另造新房。我领着建筑师走遍各处空房间,除了谈正事外还对他讲了各式各样的故事。那些破碎的壁纸、昏暗的窗子、乌黑的火炉,都带着不久以前有人生活过的痕迹,引起人的回忆。比方拿这道楼梯来说,有一次几个醉汉抬着一个死人顺着它走下去,不料脚底下绊了一下,连棺材带人一齐滚下去了,活人负了伤,死人呢,倒好像根本没出什么事似的,十分严肃,人家把他从地板上抬起来,再放进棺材里,他还摇摇头呢。瞧,这是一排三个房门,里边住过几个年轻的小姐,她们常常接待客人,所以穿得比别的房客整齐,能按时付房钱。过道尽头有个房门,里面是洗衣房,白天有人洗衣服、床单,晚上大家闹哄哄,喝啤酒。至于这一套三个房间,里面样样东西却浸透了细菌和杆菌。这儿不吉利啊。这儿死过许多房客,我敢肯定说:这套房间以前必是受过什么人的诅咒,里面素来有个肉眼看不见的人跟房客住在一起。有一家人的命运我记得特别清楚。您不妨想象一下:有这么一个普普通通的人,没有什么与众不同的地方,他有个母亲,有个妻子和四个儿女。他姓普托兴,在一个公证人那儿当文书,每月挣三十五卢布。他是个不喝酒的、信教的、严肃的人。每逢他把房钱送到我这儿来,他总是为他寒酸的装束道歉,为房钱迟交五天而道歉。我给他开一张收条,他老是好意地微笑着,说:"哎,算了吧!我不喜欢这些收条!"他生活过得很苦,然而正派。在中间那个房间里住着他的四个子女和他们的祖母。他们在这儿烧菜,睡觉,待客,甚至跳舞呢。在这个房间里住着普托兴本人,他有一张桌子,他常常在这张桌子边办理别人委托的各种工作,例如抄写台词,缮写报告,等等。右边这个房间里住着他的房客,钳工叶果雷奇,此人沉稳,可就是爱喝酒。他老是嫌热,所以总光着脚走路,上身只穿一件坎肩。叶果雷奇修理挂锁、手枪、儿童自行车,也不拒绝修理便宜的挂钟,做冰鞋上的冰刀只收二十五戈比就行了,不过他看不起这种工作,认为自己是修理乐器的专家。在他桌子上那些废钢废铁中间,总可以看到一架断了琴键的手风琴或者一个砸瘪了的铜号。他付给普托兴的房钱是两个半卢布。他老是待在工作台旁边,只有他要把一块什么铁片塞进火炉里的时候,他才离开一会儿。

每逢我傍晚走进这套房间里来(不过这种机会很少),我总会碰上这么一幅画面:普托兴坐在桌边抄写什么东西,他母亲和他妻子,一个脸色憔悴的瘦女人,坐在灯旁做活计,叶果雷奇使着钢条锉,那钢锉发出刺耳的声响。一个还没完全熄灭的热火炉冒出又热又闷的气,混浊的空气里夹着白菜汤、婴儿襁褓和叶果雷奇的气味。这儿穷苦,闷热,可是那些工作者的脸、炉子旁边挂着的童裤、叶果雷奇的铁片,仍旧散发着和睦、亲热、满足的气息。……门外的过道上有些小孩跑来跑去,兴高采烈。他们的头发梳得整整齐齐。他们深深相信这个世界上万事如意,此后永远会如此,只要每天早晨和晚上临睡以前向上帝祷告一下就行。

现在再请您想象一下:就在这个房间的正中央,离火炉两步远,停着一口棺材,里面躺着普托兴的妻子。没有哪个丈夫的妻子能够永远活着不死,然而这一次的死亡却有点与众不同。做安魂祭的时候,我看着丈夫严肃的脸,看着他那双严峻的眼睛,心里暗想:

"哎呀,老兄!"

我觉得他自己、他的孩子、老祖母、叶果雷奇也已经在劫难逃,被那个跟他们同住在这套房间里却又谁也看不见的人打上记号了。我是个十分迷信的人,这也许因为我是房东,跟房客们打过四十年的交道吧。我相信,如果打牌一开头不走运,就会一输到底。如果命运要把您和您的家属消灭干净,它就会铁面无情,决不罢休,头一个灾难往往只是一长串灾难的开端罢了。……灾难,按本性来说,跟石头不相上下。只要有一块石头从高高的岸坡上掉下来,别的石头就会纷纷跟踪坠落。一句话,我在普托兴那儿做完安魂祭出来,相信他和他的家属一定会倒霉。……

果然,过了一个星期,那个公证人出人意外地辞退普托兴,另找一位年轻的小姐接替了他的位子。您猜怎么着?普托兴很激动,可是这与其说是因为失去了职位,倒不如说是因为接替他的是位年轻的小姐而不是男人。为什么要请位小姐呢?这使他深受委屈,他回到家来,把孩子们痛打一顿,把母亲骂了个够,然后喝得大醉。叶果雷奇也陪着他灌酒。

普托兴又把房钱送到我这儿来,虽然已经过期十八天,却没有再道歉,拿到了我的收条也一句话都没说。到第二个月,房钱改由他母亲送来了。她只给我一半房钱,答应过一个星期再把另一半付给我。到第三个月,我一文钱也没拿到手,扫院人开始向我抱怨说,二十三号房间房客的举动"不像个上等人"。这都是坏兆头呀。

现在您来想象这样一幅画面:彼得堡阴沉的早晨映进这些昏暗的窗子,老太婆在炉子旁边给孩子们斟茶,只有大孩子瓦夏用杯子喝茶,余下的孩子用茶碟喝。叶果雷奇蹲在火炉跟前,把一小块铁片塞进炉火里。昨天他喝醉了酒,至今脑袋发沉,眼睛昏花。他不住地清喉咙,发抖,咳嗽。

"他把我完全领上了邪道,这个魔鬼!"他抱怨说,"他自己灌酒还不算,害得别人也来犯这种罪。"

普托兴坐在自己房间里的床上,床上早已没有被子,没有枕头了。他把手伸进自己的头发里,呆呆地瞧着他的脚旁边。他衣服破旧,头发凌乱,他生病了。

"喝吧,快喝吧,要不然上学就要迟到了!"老太婆催瓦夏说,"再说我也该走了,我得到犹太人家里去擦地板。……"

整个住所里只有老太婆一个人没有灰心。她思念旧日,出外干种种肮脏的苦工。她每星期五到犹太人的当铺去擦地板,每星期六到商人家去洗衣服,每星期日从早到晚在城里奔走,寻找女施主,想得到点周济。她每天都有活儿干。她又洗衣服,又擦地板,又接生,又说媒,又乞讨。不错,她自己也借酒浇愁,然而她就是喝醉了也不忘记她的责任。在俄国,像这样坚强的老太婆多得很,有多少人家的安宁顺遂要靠她们来维系啊!

瓦夏喝完茶,把自己的书放进书包,走到炉子后面去了。他的大衣应当在那儿,跟他祖母的衣服挂在一起。过了一分钟,他却从炉子后面走出来,问道:

"我的大衣在哪儿?"

他的祖母和其余的孩子们就着手一块儿找大衣,他们找了很久,可是那件大衣好比石沉大海。它在哪儿呢?祖母和瓦夏脸色苍白,吓慌了。就连叶果雷奇也暗暗吃惊。只有普托兴一个人沉默着,一动也不动。他平素对一切越出常轨的事都是敏感的,这一次却露出什么也没看见和什么也没听见的样子。这就可疑了。

"他拿去换酒喝掉了!"叶果雷奇声明说。

普托兴一声不响,可见这话是实在的。瓦夏吓呆了。他那件大衣,那件漂亮的大衣,那件用去世的母亲的呢料连衣裙改做成的大衣,那件衬着漂亮的细棉布里子的大衣,竟拿到酒店里去换酒喝掉了!那么,放在大衣里面口袋里的蓝铅笔啦、烫着金字"注意"①的笔记本啦,也随着大衣一齐换酒喝掉了!那个笔记本里还夹着另外一管带橡皮头的铅笔,此外还夹着一张复印的小画片呢。

瓦夏恨不能哭一场才好,然而又哭不得。父亲正

---

① 原文为拉丁语。

在头痛,如果听见哭声,就会叫骂,顿脚,动手打人,而他带着酒意打人,下手是很重的。祖母会护着瓦夏,可是父亲连祖母也要打的,结果总是叶果雷奇加入混战,揪住父亲,跟他一齐倒在地板上。这两个人就会在地板上滚来滚去,带着醺醉的和兽性的愤怒喘气,祖母就会哭,孩子们就会叫,邻居们就会派人去找扫院人。不,还是不哭为妙。

瓦夏既不能哭,又不能发泄他的愤怒,就只好鼻子里哼哧哼哧响,绞着手,两条腿发颤,或者咬住自己的衣袖,乱扯一阵,就跟狗咬兔子一样。他的眼睛露出疯狂的神情,他的脸被绝望弄得不成样子。祖母瞧着他,忽然从头上扯下披巾,手和腿也做出种种古怪的动作。她一声不响,眼睛望着一个地方呆呆地出神。那时候我心里暗想,男孩和老太婆的脑子里一定有着一个明白的观念,确认他们的生活完蛋,前途没有希望了。……

普托兴没有听见哭声,不过他在自己的房间里,一切都看得清清楚楚。过了半个钟头,瓦夏围上祖母的头巾,去上学了,普托兴呢,带着我不愿意加以描写的脸色走到街上,跟在他的背后。他想叫住孩子,安慰他,求他原谅,对他许下庄重的诺言,而且叫去世的母亲作证,然而从他的胸中迸发出来的却不是话语,只有哭声。那是一个潮湿阴冷的早晨。瓦夏走到本城的学校,怕同学们说他像女人,就解掉披巾,只穿着上衣走进学校去了。普托兴回到家里,放声大哭,嘴里念叨些不连贯的话,对他的母亲下跪,对叶果雷奇下跪,对他的工作台下跪。后来他略略定下心来,就跑来找我,上气不接下气地央求我看在上帝分上给他谋个职位。我呢,当然给了他希望。

"我到底算是清醒过来啦!"他说,"现在也该明白过来了。最近我撒了一阵野,现在总算过去了。"

他欢天喜地,对我道谢,可是我在掌管这所房子的许多岁月里对这些房客先生已经研究得十分透彻,这时候我瞧着他,一心想对他说:

"迟了,好朋友!你已经完了!"

普托兴从我这儿辞出以后,一口气跑到本城的学校。在那儿,他走来走去,等他的儿子放学出来。

"你听我说,瓦夏!"等到瓦夏终于从学校里走出来,他就高高兴兴地说,"刚才人家答应给我找工作了。你等着,我要给你买一件出色的皮袄……我会送你进中学的!听明白了吗?进中学!我会把你培养成一个上流人!酒呢,我以后再也不喝了。我用人格担保,再也不喝了。"

他深深地相信他的前途是光明的。可是不久傍晚来了。老太婆从犹太人那儿带着二十戈比回来,筋疲力尽,劳累极了,可是仍旧动手洗孩子们的衣服。瓦夏坐在那儿做算术题。叶果雷奇没在干活。他受普托兴的影响,成了酒徒,此刻渴望着喝酒,正难忍难熬。房间里闷热。老太婆洗衣服的盆里冒出一股股蒸气。

"怎么样,我们出去一趟吗?"叶果雷奇阴郁地问道。

妻　子　集

我的房客没说话。他经过那一番冲动,已经觉得烦闷无聊,很不好受了。他跟喝酒的欲望挣扎,跟苦恼挣扎,于是……于是,当然,苦恼占了上风。老戏就又重演了。……

将近午夜,叶果雷奇和普托兴出去了。可是第二天早晨,瓦夏找不到祖母的披巾了。

这就是这套房间里发生的事。普托兴把那块披巾拿去换酒喝掉以后,从此再也没有回到家里来。他究竟到哪儿去了,我不知道。自从他失踪以后,老太婆先是喝酒,后来病倒在床上,起不来了。人们把她送进医院,那些年纪比较小的孩子由一个什么亲戚领去了。至于瓦夏,喏,到洗衣房里干活去了。他白天专管送熨斗,晚上跑出去买啤酒。后来他从洗衣房里给撵出来了,就到一位年轻小姐那边去干活,每到晚上总是四处奔走,办理主人交代下来的某些工作,大家已经叫他"窑子里的王八"了。至于后来他怎么样,我就不知道了。

还有,瞧,在这个房间里,住过一个沿街乞讨的乐师,前后住过十年。他死后,人们在他的褥子里找出两万卢布。

识别上方二维码

免费收听契诃夫小说精彩片段